メディアワークス文庫

いずれ傾国悪女と呼ばれる宮女は、冷帝の愛し妃

巻村　螢

目　次

【序章】

林紅玉《りんこうぎょく》にとって、母の宮で過ごす時間だけが幸せだった。

いつも穏やかに微笑《ほほえ》み、手招きしながら「紅玉」と柔らかな声で自分の名を呼んでくれる母。

「ああ、わたくしの可愛《かわい》い紅玉」

傍《そば》に駆け寄れば、抱き寄せ、優しくも安堵《あんど》する強さで抱きしめてくれた。

自分の頭に頬ずりする母は、全身で愛しているといってくれる。

しかし、いつも次の瞬間には彼女はとても悲しそうな顔をするのだ。

「ごめんなさいね、このような髪色に生んでしまって」

「大丈夫ですよ、母様。私は気にしてませんから」

『このような』と言いつつも、紅玉の髪色は母、媛玉《えんぎょく》と同じ黒色である。

しかし、それは偽りの色。

「そろそろ染めなければならないわね。また根元が白くなってきて……」

紅玉の本来の髪色は『白』であった。

この翠月国《すいげつこく》で、白を身に纏《まと》う者は不幸をもたらすと言われ、不吉の象徴とされる色。

その由来は遠い過去の逸話ではあるが、未《いま》だに白を持つ者は忌み嫌われている。

「鈴礼《りんれい》、いつもの染め薬を用意してちょうだい」

「かしこまりました、媛貴妃《えんきひ》様」

侍女頭に指示を出すと、媛玉は紅玉の髪をことさら柔らかな手つきで梳《す》いた。

「ごめんなさい、あなたから自由を奪ってしまって……」

母と似た少し目尻が上がった大きな目にスッと通った鼻梁《びりょう》、珊瑚色《さんごいろ》の唇に細い顎。しかしどれだけ似ていようと、髪色のせいで、紅玉は媛玉から宮の外にはほとんど出してもらえなかった。

太子、公主の出席が絶対とされる儀礼や祭祀《さいし》の時は、前日に念入りに髪を染めて出席している。

「媛貴妃様、髪染めの薬があとわずかです」

「困ったわ……この植物は珍しいらしくて、特定の商人しか扱ってないのよ。鈴礼、悪いけれど商人に手紙を出してくれないかしら。いつもより早く来てほしいって」

母の焦燥が、髪を梳き続ける指から伝わってくるようであった。

媛玉は、再び紅玉をぎゅうと抱きしめた。

「紅玉、覚えていて。わたくしはあなたの髪が何色だろうと愛しているわ。誰が何と言おうと、あなたはわたくしの幸せであるし宝物なのよ」

母はこれほどに心配してくれているのだが、紅玉はそこまでこの髪色に生まれて不幸だと思ったことはなかった。

こうして、ずっと変わらず母が愛してくれているのだから。

たとえ、宮の外で生きることができなくとも、母の真綿のような優しさが紅玉を包んでくれていれば、それで幸せだった。

「母様さえいれば、私は他に何もいりませんから」

他の妃嬪《ひひん》達からも隠すようにして育てられ十五年。

紅玉の本当の髪色を知るのは、母と宮に仕える侍女、そして――。

「媛玉……！　媛玉はどこにいるのだ……っ⁉」

彼だけであった。

この世で最高の権力を持つ彼こと、今上皇帝であり紅玉の父親でもある『林景台《りんけいだい》』その人である。

宮に飛び込んできた皇帝は媛玉の姿を見つけると、彼女に抱きついていた娘を引き離すようにして押しのけた。

「きゃっ！」

「紅玉⁉」

男の力で押され、紅玉は床に尻餅をついて転がった。慌てて駆けつけた鈴礼が、心配の声を掛けながら紅玉を助け起こす。

「大丈夫ですか、公主様⁉」

「ありがとう、鈴礼。平気よ、なんともないわ」

紅玉の言葉に、媛玉が安堵の息を吐いたのが聞こえた。

媛玉もすぐに駆け寄りたそうにしていたが、それを皇帝が無理矢理に押し留めていた。

「媛玉……っまた余の意見は通らなかった……皆、宰相の桂長順《けいちょうじゅん》ばかりに意見を求め、誰も余の言葉など聞いてはおらんのだ……っ」

泣き言を吐きながら、母の膝にうずめるようにして顔を擦《こす》りつける父の姿に、紅玉は密《ひそ》かに息を吐いた。正直、聞いているこちらが『またか』という気持ちになる。

桂長順は、宰相という立場で得られる権力全てを、皇帝や善政のためではなく、私利私欲で恣《ほしいまま》にしている老獪《ろうかい》な男だ。そのあおりは宮廷だけでなく後宮にも及んでおり、彼にへりくだらない妃嬪はあからさまに皇帝から遠ざけられ、いつの間にか後宮から消えていたりする。

だから、紅玉も桂長順については悪感情しか持っていなかった。父のように泣きはしないが。

父は、他の妃嬪と比べてもことさらに母を特別扱いした。

もしかすると、彼も母の優しさに救いを求めていたのかもしれない。皇帝であるというのに宮廷で受け入れられていない彼にとって、いつでも両手を広げて受け入れてくれる母の存在は大きかったのだろう。

「怖い……怖いのだ媛玉……っ！　誰も……民も、臣達ですら余を悪く言うのだ！　後宮すら……他の妃達は皇太子を早く決めるべきだと急《せ》かす。まるで余にすぐにでも玉座を下りろとばかりに……」

それにしても、なんと情けないことか。

これが二百年続く林王朝の頂に立つ者の姿だろうか。まるで赤子ではないか。

「陛下、大丈夫ですわ。わたくしが陛下のお傍にずっとおりますから。それに他の妃嬪様方も、そのようなことは決して思っておりませぬ」

「おお、そなたの優しさだけが余の救いだ。な、なんでもお主の望みは叶《かな》えよう。欲しいものはないか？　帯でも歩揺でもなんでも揃《そろ》えるぞ？」

縋《すが》るような目で母を見る父の姿は、娘にすら同情心を抱かせ顔を背《そむ》けさせた。

きっと他の妃達が同じことを言われたら、即座に飾り物や、それこそ息子に皇太子の座をとねだっただろう。

しかし、母は違う。

「何もいりません。ただ、民のことを一番にお考えください。翠月国の平安を願い、民が笑顔になるようにと考えてくださいませ。それだけがわたくしの望みですわ」

いつも欲しいものを聞かれると、決まって母はこう答える。

そうして父は「やってみよう……」と、いつも肩をすぼめて表へと戻って行くのだった。

他の妃達に、ぜひ母の言葉を聞かせてやりたいものだ。

それと、この国の民にも。

しかし、巨大な壁に囲まれた中で発せられた後宮妃の言葉や想《おも》いなど、外には届かない。

国の状況が次第に良くない方へと向かっているのは、宮に閉じこもっている紅玉ですら、漂う空気から察していた。

それでも、きっと父にはどうすることもできないだろう。

彼はいつも、母の宮を訪ねると一直線に母の元へと向かう。

たとえ紅玉が媛玉と戯れていようが、お構いなしに奪っていくのだ。

娘である紅玉には一切目もくれず、母しか見えていないかのように振る舞う林景台。

彼が自分を娘として見ていないのは知っていた。それどころか、不吉の象徴として疎ましく思っていることも。

娘にさえ狭量な男が、数千万人の民に気を配れるはずがなかった。

「何故《なぜ》、母様は、あのように情けない人を守ろうとなさるのです」

「あなたにはきっと悪い父親よね。……でも、あの人にも良《い》いところはあるのよ」

釈然としない顔で、紅玉は首を傾《かし》げた。

良いところなどない、とでも言わんばかりの顔の紅玉を見て、媛玉は苦笑する。

「ふふ、そんな顔をしないで。昔は……しっかりした人だったのよ」

「想像できませんよ」

媛玉の手が紅玉の頬を優しく撫《な》でた。

「許してあげて、紅玉。あの人は心が疲れてしまって、もう自分しか見えていないの」

「別に……母様がいれば他は何もいりませんから」

紅玉は媛玉の手に猫のように頬を擦りつける。

自分と違った温度の温かさが心地よかった。

「紅玉、わたくしがいるわ。わたくしが何百人分でも何万人分でもあなたを愛しているから」

「母様ひとり分でいいですって」

母の大きすぎる愛に紅玉は笑ったが、媛玉は眉根を寄せ神妙な顔をしていた。

「あなたはこの髪のせいで、自分を偽るのが当然になってしまったわね」

「そうですか？」

自分ではそんなつもりはなかったのだが。

「ねえ、紅玉。今いくつだったかしら」

「十五になりますが」

「だったら、もう少し大きくなったら恋をなさいな」

「恋ですか⁉ そんなの私なんかには無縁ですって」

「誰かを想う気持ちは自分を強くするのよ。それこそ『私なんか』なんて言えなくなるくらいに」

媛玉は遠い目をして、紅玉の後ろに誰かを見ていた。

母にもそのような経験があるのだろうか。

「でも……」

この髪色を知って、自分を愛してくれる者などいるものか。

ましてや、後宮という閉鎖的な世界でどうやって異性と出会えというのか。

指先を突き合わせ言いたいことを飲み込んでいる紅玉に、媛玉は「もう少し先かしらね」と苦笑した。

「なにより、あなたには家族を作ってほしいの。紅玉の子はきっと愛らしいでしょうし、わたくしが見たいのよ」

「いきなりなんですか、もう。気が早すぎますよ」

照れくさそうに眉を下げた紅玉の頭を、媛玉が柔らかく撫でた。

「愛した人と自分の血を引いた子がこの世にあるというのは、何にも代えがたい幸せなのよ」

「そんなものですか？」

「ふふ、そんなものよ。あなたにも好きな人ができたら分かるわ」

紅玉は肩と一緒に眉も上げて、じゃれた顔をした。

そんな自分の将来、まだ想像できない。

今はただこうして、いつか来るかもしれない将来に思い馳《は》せているだけで幸せだった。

◆

器から水が溢《あふ》れるのは一瞬のことだ。

それまで耐えて耐えて、器のふちに張り付いてこぼれるのを我慢していた水は、ほんの少し吐息がかかっただけでも、あっという間に崩壊する。

「——紅玉っ、あなただけでも逃げなさい！」

さし迫る炎の中、媛玉の手が紅玉を押し飛ばした。

生まれて初めて母の手からもらう痛みに、紅玉は落ちた穴の底で目を見開いて驚いていた。

紅玉が連れて来られたのは、後宮最奥の城壁の麓。

そこで媛玉は突然、箸を持つのがやっとというような華奢《きやしや》な手で、地面を掘りはじめたのだ。何をしているのかと思えば、地面の浅い所から板が現れ、それを外した下は隠し通路となっていた。

母は板を片手で支え、穴の底から瞠目《どうもく》して見上げてくる紅玉に向かって、城壁を指さした。

「奥へと進めば王宮の外へ出られるわ！　早く行きなさい！」

「それなら母様も！」

「わたくしは……っ」

必死に穴の底から手を伸ばす紅玉に、泣き笑いの表情で媛玉は首を横に振った。

「誰かがここを隠さないと」

「嫌です――っ!!」

絹を裂くような紅玉の叫び声も、後宮になだれ込んできた者達の声に掻《か》き消《け》される。

近づきつつある声を気にしたように、媛玉の顔が一瞬遠くへ向けられた。

「この反乱は、民の声に耳を傾けてこなかった陛下への報いなの。そして陛下への報いは、妃であるわたくしも受けなければならないものなの」

「違うっ！　母様は誰より優しくて、誰よりも民のことを大事に想って、報いなんて受けるはずが……母様に責任なんてないのに……っ」

「ありがとう……紅玉。でも、わたくしは過去に誓ったの。どんな時も最後まで一緒にいると」

誰と誓ったものなのか、母の少女のような笑みで分かってしまった。

「そんなの……っ！　あんな男との誓いなんか破ってよ！」

「生まれる場所を選べなかったあなたに責任はないわ。だから、あなただけでも生きて」

「嫌っ！　母様――っ⁉」

母の手にしていた板が、再び被《かぶ》せられようとしていた。

「やめて！　それならせめて母様と一緒にいさせて！」

「ごめんなさい、白い髪に生んでしまって」

陰りゆく母の姿。

もはや手を伸ばす隙間すらない。次第に視界が暗闇に覆われる。

「紅玉」

その言葉と、残されたわずかな隙間から、母のいつもの笑顔だけが見えたのを最後に、紅玉の世界は闇だけとなった。

「嫌……っい、や……ぁ…………っかあ、さ――」

耳に残る、母のいつもと変わらない自分を呼ぶ柔らかな声。

目に焼き付いた、母のいつもと変わらない慈愛の籠もった笑み。

土を被せるような音のあと、遠くで「林の血は絶やせ」という声と、女のくぐもった悲鳴が聞こえた。

生まれて初めて聞く彼女の声。

紅玉は、最後に焼き付けた声と姿を忘れないよう、耳を塞ぎ目を閉ざし暗闇の中でうずくまった。

自分を愛してくれた唯一の人が、今、この世から永遠に失われた。

「まちがい……これは、ぜんぶ……ゆめ……」

そうであってくれと願いながら、紅玉は意識を手放した。

◆

男は、目の前で渦巻く巨大な火柱を、ただ眺めていた。

いや、眺めていることしかできなかったのだ。

高い白壁を越えることはかなわず、鉄製の両開きの扉は、熱で変形した閂《かんぬき》でしっかりと閉じられている。

染みだした熱気に、顔が燃えているかのように錯覚し、無意識に頬を手の甲で拭った。

一瞬、熱さは和らぎこそすれ、すぐに襲い来る熱波で痛みが蘇《よみがえ》る。

「関詔《かんしょう》！」

誰かが自分を呼んでいた。

仲間か。それとも、壁の向こうで今、死出の旅路に立った者達の怨嗟《えんさ》の声か。

「俺が……火を付けたんだ……」

右手に握った直刀の刃先からは、ポタポタと赤い雫《しずく》が灰色の石床を汚している。

先ほどまで数多《あまた》の男達の肉を斬り裂き、骨を断っていた。その時は一度たりとも、この直刀を重く感じたことはなかった。

だというのに、どうしてか今はひどく重くて……。

誰も斬りはしていないというのに。

甲高い悲鳴が聞こえるたびに、鉄の門扉が内側から打ち鳴らされるたびに、底のないぬかるみに落ちていくようだった。

「俺は、間違ったか……永季《えいき》」

「あなたは間違ってなどいない！」

「そう、か…………そうか……」

掠《かす》れた音を伴って唇が震える。

「……頼む……どうか――」

それ以上は、言葉にすらならなかった。

【一章・『関《かん》』の後宮へ】

1

林王朝が滅び、関王朝がたったあの日から五年。

王宮を焼いた戦火は王都の大半に延焼し、王都はしばらく酷《ひど》い有様《ありさま》だったが、今やその跡形はなく活気溢れる賑《にぎ》やかな街となっていた。

「ほら、紅林！ ぼやっとしてないで店の周りも掃除してきな！」

「すみません、すぐに行きます」

花楼の女将《おかみ》は、妓女《ぎじょ》達が出した山のような衣の洗濯を終え、店に戻ってきたばかりの娘――紅林《こうりん》を捕まえると、外へと追い出した。

「ったく、あんたみたいな奴、ここに置いてやってるだけで感謝もんなんだよ。人の三倍は働きな！」

「……はい」

「あーあー！ 辛気くさいったらありゃしない！ 本当、その髪色といい幽鬼みたいな子だねえ」

女将が紅林の髪色に目を眇《すが》めれば、娘は視線から逃げるように顔を俯《うつむ》けた。

髪をまとめた上から被った手巾《しゅきん》を、ぐいと目深に引き下げる。

そういった一挙一動すらも気に食わないのだろう。女将は鼻でわざとらしく嫌悪の息を吐くと、しっしと犬を追い払うように手を振った。

「ほら、さっさと行きな！　言っとくけど、木の葉一枚でも残したら店には入れないからね！」

言い捨てると、女将は娘の目の前でピシャリと扉を閉めてしまった。

「……木の葉一枚残らずだなんて、無茶を言うわ」

不満げに声を曇らせるも、それでも紅林は箒《ほうき》を手にして大人しく花楼の外へと向かったのだった。

春とはいえ、まだ風に冷たさが残っている。

洗濯で凍えた指先に春風は堪《こた》える。紅林は、はぁと手に息を吹きかけながら壁に沿って店の周りを掃いていく。碁盤の目状に区画整備されているため、隣の花楼との境もはっきりしており掃除はしやすかった。

通りに並ぶ花楼はどれも築浅で、青竹色の柱の塗りもまだ剝げ落ちてはいない。今でこそ鮮やかかな花楼がひしめく歓楽街だが、五年前は閑古鳥も鳴かずに逃げるほどの荒涼とした場所だったというのに。

「五年で随分と変わるものなのね……街も……私も」

『紅林』──それが林紅玉《りんこうぎょく》の今の名であった。

王都を脱出したあと、紅玉は紅林と名を変え、各地を転々とする生活を送ってきた。

母が名付けた名を捨てるのは心苦しかったが、『林の血は絶やせ』と王都のみならず、遠く離れた僻村《へきそん》の民にすら声高に叫ばれる中では、林紅玉という名は捨てざるを得なかった。

全てを失った上に名まで奪われるのかと虚《むな》しく思ったものだが、しかし紅林には母が与えてくれた命を粗末になどできなかった。

死ねないのなら、やはり生き続けるしかない。

幸いなことに、紅林が林紅玉だと気付く者はいなかった。

皆、高い壁に囲まれた後宮で育った公主の顔など知らなかったのだ。

おかげで残党狩りの目に留まることもなく、争乱で焼け出され家族を失った娘として生きてこられた。

しかし、林紅玉だとばれはしなかったものの紅林には別の問題があり、それによって一所《ひとところ》に留まることが許されなかった。

「──っおい、あの髪色。例の狐憑きじゃねえか」

「うわ、本当だ！　俺初めて見たよ」

背後から向けられるヒソヒソとした男達の声に、紅林はハッとして脇道へと逃げ込んだ。箒を胸前でぎゅっと握りしめ、身を小さくして男達が遠くへ行くのを待つ。

「あーあ、お前の声が大きいから逃げちまったじゃねえかよ。せっかく顔を拝みたかったのに」

「悪《わり》ぃ悪《わり》ぃ。いやでもあれは驚くだろ。真っ白の髪なんて」

「ばあさま以外に見たことねーもんな！」

「ばあさまでもあそこまで白くはねぇさ」

男達はそれ以上の興味はないのか、残念半分揶揄《からか》い半分といった調子の笑い声を上げながらどこかへと行ってしまった。

男達の声が充分に遠ざかれば箒を握りしめていた手からも力が抜け、紅林はほっと息をつく。

「これだからあまり外には出たくないんだけど……仕方ないわよね」

紅林が一所に留まり続けられなかった理由――それは、すっかり本来の色を取り戻した白い髪にあった。

翠月国《すいげつこく》の歴史から、白を纏う者は不吉の象徴と言われているが、それを歴史になぞらえて『狐憑き』と表《あらわ》すことがある。

おかげでどこへ行っても、特異な白い髪を持つ紅林は『狐憑き』と後ろ指を指され、粗末な扱いを受けることが多かった。

生きるためには食い扶持《くぶち》を自ら稼ぐ必要があるのだが、これが中々に難しい。手巾で髪を隠してやっと裏方や雑用で雇ってもらったり、物好きな者が興味本位で雇ってくれたりしたのだが、結局は噂《うわさ》が広まり騒ぎになると、すぐに解雇されてしまうのだ。

そして、その街で働ける場所がなくなると、他の街へ移るという日々の繰り返しだった。

どこへ行っても、紅林には安心して暮らせる場所は手に入らなかった。

そして、一年前。

どうせどこにも居場所がないのなら、いっそのこと王都——かつて母と過ごした場所の近くにいたいと思い戻って来た。

林《りん》の生き残りである紅林にとっては鬼門と言える王都。常々近寄らないようにと避けていたのだが、さすがに四年も経《た》てば残党狩りもいなかった。

そうして今は、人と接する機会が少ない、花楼の下女として働いている。

「こうして雇い続けてもらってるだけ、ありがたいって思わなきゃ」

紅林は手巾を結びなおしながら自嘲した。

飲食街で給仕の仕事を探していた時、物好きな花楼の楼主に声を掛けられた。

楼主は当初、紅林を妓女にしようと思っていたらしいが、他の妓女達が自分達まで狐憑きの同類だと思われたら困ると反対したのだ。

結果、妓女ではなく下女として働くことで追い出されずに済んだ。

正確に言うと、女将は不吉がって追い出そうとしたのだが、楼主がそれを拒んだのだ。

中々豪胆な楼主だとありがたく思ったのも束《つか》の間《ま》、彼が本当は自分を手籠めにしようとしていただけと知った。

彼の部屋で襲われかけた時、運良く女将が入ってきてくれなければ、あのまま彼の情婦にでもされていただろう。

「その代わり、女将さんから恨まれるはめになったんだけどね」

どちらも嫌ではあったが、まだ折檻《せっかん》のほうが耐えられる。

きっと女将は、さっさと自分を花楼から追い出したいのだろう。

苦情の声が多くなれば楼主も追い出さざるを得ない。

だからこうして、わざと他人の目に触れるような場所へと紅林を追いやるのだ。積極的に言いふらすようなことはせず、あえて他人が騒ぎ立てるのを待つのみ。

「消極的だけど賢い人だわ」

確かに先ほどのように歓楽街に出入りする者の間では、狐憑きの娘がいると噂になってはいるのだが、王都全体で見れば取るに足らない程度であった。

王都という巨大都市である点と、人の流入出が多い点が、王都の片隅にある歓楽街のまた隅の一軒に勤める下女になど焦点を当てさせなかった。

今のところは少々居心地が悪いだけ。

ただ、もっと騒ぎ立てられれば追い出されるのも時間の問題だろう。

紅林は足元へと目を向けた。

落ち葉が一枚落ちている。

「生き続けるには目立たないことが一番だわ」

箒を握り直し、紅林は掃除を再開させた。

◆

紅林は手にしていた白い花束を、王宮城壁の麓へと丁寧に供えた。

王宮正面にあたる南側は人通りが多いが、反対に位置する北側《こちら》はひっそりとしている。

「今日はナズナですよ。綺麗《きれい》でしょう？」

膝を折り、地面に置いた小さな花束に向かって手を合わせる紅林はまるで、そこに誰かいるかのように、声を潜めつつも楽しそうに話している。

「こんな雑草みたいな花でごめんなさい、母様」

この場所に花を供えることが、紅林の日課となっていた。紅林が花を手向けた北壁のちょうど向こう側は、かつて母の宮があった場所である。

林王朝が滅んだ時、王宮関係者を偲《しの》ぶ声は全く聞かれなかった。

当然、後宮と共に亡くなった女達を憐《あわ》れむ声も。それどころか各地を転々とする中で、紅林は母である媛玉《えんぎょく》が民にどう思われていたのかを知って愕然《がくぜん》としたものだ。

『皇帝を誑《たぶら》かし朝政を疎《おろそ》かにさせた悪女』――そう言われていたのだ。

確かに一番の寵愛《ちょうあい》を受けていたのは母である媛玉だ。

しかし、媛玉は皇帝を慰めこそすれ決して誑かしなどしていない。それは傍にいた紅林が一番よく知っている。

「むしろ母様は、いつも民のことを大切に想ってたっていうのに……っ」

纏う衣一枚にすら、民が懸命に働いてくれるから自分達はこうして身に纏えるのだと、感謝の念を絶やさなかった人だ。

だというのに、この国のどこにも母を哀悼する人はいなかった。

だったら自分だけでも母に花を手向けたかった。

心優しい母を近くで弔いたかった。

おそらく、林王朝に関係した者達の墓などない。

空を焼くほどの大火だったのだ。骨すら灰になって何も残ってはいまい。

「本当は、この壁の内側で……もっと近いところに花を供えたいんだけど」

かつて母の宮があった場所に。

紅林は、目の前の白壁にそっと手を這《は》わせ瞼《まぶた》を閉じた。壁の内側で生まれ育った自分が今、壁の内側へ入ることは許されない。この内側は、とうに他人のものになってしまったのだから。

「痛っ！」

チリッと唇に痛みが走ったことで、紅林は自分が唇を噛《か》んでいたことを知る。

痛みを誤魔化すため、舌先で唇を舐《な》めたら錆《さ》びた味がした。

『林の血は絶やせ！』――不意に脳内で蘇った声に、紅林は臓腑《ぞうふ》に重石《おもし》を沈められた感覚に陥る。

林王朝が滅んだことを悔しく思う気持ちはない。むしろ、耳に入ってきていた噂だけでも、充分に悪政と分かるような政を行ってきたのだ。当然の帰結だろう。

ただ、後宮まで全て燃やす必要はあったのだろうかとは思う。

紅玉時代に読んだ歴史書を思い返してみても、後宮の中の者全てを燃やしたなどというものはなかった。せいぜい、流刑か尼寺送りの幽閉だ。

「本当、よくもここまで嫌われたものね」

林王朝の政に関わった朝臣も鏖《みなごろし》にされたと聞くから、どれだけ恨みが深かったのかが窺《うかが》い知《し》れるというもの。

大奸臣《だいかんしん》であり、皇帝を傀儡《かいらい》として操っていた宰相の桂長順《けいちょうじゅん》。彼は王宮で上がった火災に巻き込まれ焼け死んだと聞く。瓦礫《がれき》の下から丸焦げになった遺体が出てきたという。

彼については、式典などで何度も顔を見る機会があり、紅林もよく覚えている。

腰は低いものの、内心では見下げているのが透けて見えるような半笑いの口調と、歪《ゆが》んだ口元。

「……思い出すんじゃなかったわ」

気分が悪くなってしまった。

はあ、と紅林は溜息《ためいき》を吐《つ》き、立ち上がる。

「さて、早く帰んないと。おつかいってことで出てるから、遅くなると今度はおつかいを禁止にされちゃうわ。唯一の自由時間なのに」

紅林は「じゃあね、母様」と最後に淡い笑みを向け、その場を後にした。

楼主に頼まれた客用茶碗《ちゃわん》が入った懐を片手で押さえ、できるかぎり急ぐ。

もちろん、人目に付かないよう選ぶ道は隘路《あいろ》ばかり。

「ねえ聞いた？　ついに陛下の後宮が誂《あつら》えられるって噂」

すると、女達の賑やかな会話が耳についた。

——後宮ですって？

いつもなら他人の雑談など気にも留めないのだが、『後宮』という単語を聞けば、駆けていた足も止まる。

会話は先の角向こうから聞こえ、紅林は忍び足で近寄り聞き耳を立てる。

「ええ、聞いた聞いた。それでそろそろ宮女の募集もかかるんじゃないかって、お父さんが言ってたもの」

「はぁ……後宮ねえ。一度は入ってみたいわあ」

「きっと金銀七色で煌《きら》びやかな美しい世界よ」

女達の夢見た会話に、紅林は唇を歪めて微笑した。

確かに煌びやかではあろう。建物も身に纏うものも調度品も全て一級品なのだし。

しかし、そこに住まう者までもが美しいとは限らない。

特に腹の中など、墨でも飲んだかというほどに真っ黒だ。

「ねえ、じゃあ……行く？」

「あははっ！　それは嫌よ。万が一、妃嬪として入れてもあの冷帝の相手だなんて、命がいくらあっても足りないわ」

「でも、陛下って噂では美丈夫だって聞くわよ。前の皇帝と違って自分で馬を駆って残党狩りにも出たっていうくらい、武芸にも秀でてるらしいし。それに、たった五年でここまで国を立て直したんだから暗君ではないわよ」

「そりゃあ、美丈夫の賢君はそそられるけど……でも、やっぱり無理よ。だって後宮って、入ったら皇帝が崩御なさるまで出られないって聞くじゃない。一生、冷帝の機嫌を伺いながら生きていくなんて辛《つら》すぎるわ」

「確かに。何事も命あっての物種だしね」

それで彼女達もその話題には満足したのだろう。

ケラケラと軽い笑いで流したあと、すぐにどこの店の誰が格好良いだの、あそこの店の歩揺が一番質が良いだのと年相応の話題に花を咲かせていた。

紅林も、再び花楼へと歩を進める。

「そう。後宮が……関玿《かんしょう》の後宮が誂えられるのね」

一瞬、後宮に入れたらもっと近い場所で母を弔えるのでは、との考えがよぎる。しかし、紅林は頭を振って、浮かんだ危ない思考を無理矢理に追い出した。

「何考えてるのよ……もし正体がばれたら殺されるに決まってるじゃない」

まかり間違っても、後宮など入ってはならない。

反乱軍総大将であり今上皇帝でもある、関王朝初代皇帝・関玿。

彼は、一部の民の間で密やかに冷帝などと渾名《あだな》されている。

後宮を焼いたことと残党狩りの苛烈さから、血も涙もない冷血漢という意味から呼ばれはじめたらしい。

「いい気味」

しかし、嫌悪で呼ばれているというより、畏敬してそう呼ばれているといったほうが近い。同じく渾名を付けられた者同士でも、片や畏敬、片や嫌悪で少々悔しく思う。

「狐憑きなら、こんな時こそ力を発揮しなさいよ」

紅林は手巾からわずかに覗《のぞ》く前髪を摘まみ、白いだけのそれに嘆息した。

「私ったら本当、何もできないのね」

世に身一つで放り出されて、紅林は自分にどれだけ生活力がないのかを知った。

あるのは、今や全く役に立たない後宮知識だけ。よく五年も生きてこられたとすら思う。今でも母が身を賭して救ってくれたこの命を守ることで、日々精一杯だ。

「生きることしかできないのなら、私は生き続けてやるわ」

きっと誰しもが林の血は絶えたと思っているだろう。

ならばこうして、ひっそりと林の血をもった自分が生きているのは、関玿《彼》と関王朝《この国》への意趣返しとも言えるのではないか。

そう思ったら、少しだけ気が晴れた。

「いつか、関王朝にも狐憑きの呪いが降りかかるかもね」

◆

「ただ今戻りました」

「ああ、ちょうどよかった」

裏口から入った途端、楼主が満面の笑みで出迎えてくれた。隣には同じ表情の女将が並んでいる。

今まで見たことないような晴れやかな笑みに、紅林は思わずビクッと身体《からだ》を震わせてしまう。二人の笑顔が薄気味悪く、足が勝手に一歩後退《あとずさ》る。

いったいなんだというのか。

「た、頼まれました茶碗を買ってきました」

懐から茶碗を取り出し、楼主へと差し出す。

「おお、そうだったな。ご苦労」

楼主は、使いを頼んでいたことを忘れていたような素振りを見せつつも、手を伸ばした。

しかし、楼主が摑《つか》んだものは茶碗ではなく――。

「――っ！」

茶碗を持った紅林の手首だった。

ぞわりと怖気立《おぞけだ》つ。

「な、何か……!?」

早く茶碗を置いて去りたかったが、がっちりと手を摑まれていて引けどもびくともしない。チラと隣の女将に目を向ける。

いつもであれば、楼主と近づくだけで不機嫌に眉をひそめるというのに、彼女はニヤニヤと気持ち悪い笑みを保っていた。

ここで紅林は、何かがおかしいと気付く。

「あの……っ！　離して……離してください！」

反対の手を使って楼主の手を剝がそうとするも、彼の指はどんどんとキツくなるばかり。

そうして紅林が痛みに、持っていた茶碗を落とした時、ようやく楼主が口を開いた。

「お前は後宮へと入ってもらう」

身体の奥底で、何かが砕け散る音がした。

2

翠月国は自然豊かな美しい国である。

夏になると広大な地は若々しい香りの青さに覆われ、秋の訪れとともに一面を黄金色に輝かせる。冬は空から白い妖精が舞い降り、全てを淡い霞《かすみ》で覆った。そうして霞が溶けるとともに春の爽やかな息吹が駆け抜け、世界を彩り鮮やかに色づけた。

しかし五年前、翠月国に春は来なかった。

鮮やかに色づけられるはずだった大地は、王都に押し寄せる大群勢によってぐしゃぐしゃに荒らされた。

溶けた淡雪と甲冑《かっちゅう》の重みで増した兵達の両足は、大地を荒廃させた。彼らが通った後は一面が茶黒い泥濘《でいねい》と化し、それは悲惨なものだったと聞く。

彼らは、林王朝打倒のために立った反乱軍であった。

今でこそ義勇軍などと言われているが、当時は誰もが強大な力を持つ王権に敵《かな》うはずがないと思い、ただの反乱軍と見なしていた。

しかし、今、王宮に掲げられている王朝旗《おうちょうき》は『関』の文字である。

翠月国には数千年に及ぶ長い歴史がある。

その中でも林王朝は、約二百年ほど続いた長命な王朝であった。

『短朝迷民《たんちょうめいみん》』――王朝が短いと民は路頭に迷う、という諺《ことわざ》がある。

だが、長いことが総じて良いことに結びつくとは限らない。

林王朝は長く続いたが故に、宮廷内に奸臣をはびこらせる結果となった。

主立った官職は暗黙の了解で世襲性になり、癒着による政治腐敗が進んだ。賄賂の多寡で政策が決まり、縁故人事により権力の偏りが生まれ、富める者は総じて林王朝と関わりの深い貴族や役人、大商人のみ。

灌漑《かんがい》事業も賄賂によって左右され、本当に必要な僻村地などは放置された。

それによって農民は農業ができず、流民になる者や街へ出稼ぎに行く者が増えた。すると今度は人手がなくなった農地がさらに荒れ、また人が増えすぎた街の治安は悪くなり、結果、各地で飢饉《ききん》や暴動が頻発した。

こうして、立つべくして反乱軍は立った。

その後の結末は、誰もがよく知るとおり。

冬の終わりとともに林王朝は滅び、春の訪れとともに関王朝が立った。

それから五年経った今では、あの時の無惨さなど微塵《みじん》も感じられぬほどに、国は元の美しさを取り戻している。

そうして国力が戻れば、次に国が――皇帝がせねばならぬことはただ一つ。

後継者作りであった。

◆

王宮の内朝に位置する、執務室を兼ねた皇帝の私的空間である翔心殿《しょうしんでん》。翔心殿のすぐ近くには女の園が広がっているのだが、未だかつて皇帝がその花園へ、夜伽《よとぎ》を受けに行った試しはない。

「冷帝関玿」

「あ？」

「——と、最近では後宮でも呼ばれていることをご存じでしょうか」

「知らん」

自分のことなのに無関心にそう言い切る皇帝に、宰相は額を押さえた。

「知らんですって⁉　後宮を再建するまで一年。女人を入れるまで五年。まさか夜伽まで十年……なんて言いませんよね！　もう妃嬪入宮から三ヶ月が経つのに、一度も後宮を訪ねてませんよね」

「そうか」

「そうか⁉　このままでしたら、妃嬪方のほうから愛想を尽かされてしまいますよ！」

「構わんな」

「構ってください！」

関玿は興味はないとばかりにとことん無関心な態度をとり、こちらには目もくれず、持ってきた書類だけに意識を向けている。

おざなりな返答が「うるさい」の意思表示だということを、宰相は長い付き合いからしっかりと把握していた。

本当は気付かぬふりをして責め立てたいところだが。

しかし、責めたところで、おそらく彼の後宮に対する意欲は微々とも増さない。

むしろ余計に冷めていくだろう。

「陛下でしたら、どの妃嬪も喜んで宮の戸を開くでしょうに……羨ましい」

このくらいのぼやきは許されて然《しか》るべきだろう。

どれだけ自分が、後宮に女人を集めるために駆けずり回ったか。

目の前の美男は書類の文字を追う目は止めず、鼻から薄い溜息を吐く。

二十三歳という男盛りで、掻き上げた真っ黒な髪の下から現れた顔貌は、かつて馬を駆って剣を振り回していたとは思えないほどの繊細な美しさがある。

北部特有の赤い瞳に、濡《ぬ》れ羽《ば》色《いろ》の髪。薄い唇から吐かれる溜息にすら色香を纏っているのだから、正直もう嫉妬すら覚えない。

「今でこそ俺は皇帝なんて呼ばれているが、元はただの地方兵で一介の民に過ぎないんだ。お家柄の良い妃嬪達のほうが俺を拒むだろうさ」

「家柄には恵まれなくとも、顔は恵まれたんですから。使えるものは使ってください」

「断る」

「もうっ！」と、宰相は後頭部を乱暴に掻いた。

せっかくまとめていた藍色髪も、あっという間にボサボサだ。彼と話すといつもこうなる。いっそのこと、短く切るべきなのか。

「後宮が頼みの綱だったのに！」

「永季《えいき》、うるさいぞ」

「誰のせいですか！」

巷《ちまた》では冷血漢という意味で呼ばれている冷帝という渾名だが、後宮の女人達の間では、『女に冷めている』という意味で使われている。まったく、彼自身の妃嬪にすらそう思われているとは頭が痛くなってくる。

「俺は……まだあの日のことが忘れられないんだよ。行けばもっと忘れられなくなる」

彼の顔を見ることができなかった。声音から、見てはならない気がした。

「あれから五年じゃないですか……過去でなくて今を見てください。もう、あそこには何も残っていないのですよ」

目の縁を滑って、彼の瞳だけがこちらを向いた。

彼の厳格さを表したような澄んだ瞳は、時として雪解けの水よりも冷たさを孕《はら》むことがある。

宰相の背に雪解けの雫が流れる。

「へ、陛下は気にしすぎなんですよ。もう、義務だと割り切って行かれればよろしいではありませんか」

ハッと鼻で笑う声が聞こえた。

「それができたら苦労しない」

「……陛下は優しすぎます」

「一つの椅子を手に入れるために、多くの犠牲を強いてきた俺が優しいはずないだろ」

正直、これには言葉が見つからなかった。

言葉で表すのなら、間違いなくそうでしかないのだから。

しかし、だからといって大人しく引き下がれはしない。

「国政も落ち着きましたし、その犠牲に報いるため……つまり関王朝を繋《つな》ぐためにも、陛下がまずやるべきことは後継者作りだと思いませんか？」

「ああ、確かに。それもそうだな」

やっと事の重大さを分かってもらえたか、と安堵したのも束の間。

「だが断る」

「もうっ！」

埒《らち》があかない。

「どうせ皆、俺ではなく、俺の肩書きが好きなだけさ。権力に目を輝かせる者と子をもうけることの危うさは、前王朝でたっぷり学んだだろう？」

「そんなこと言っても、もう皇帝の後宮にいる時点で彼女達は全員権力が好きなんですよ。手遅れなので諦めてください。行き遅れ野郎」

「い、行き遅れ野郎……⁉」

のれんに腕押し糠《ぬか》に釘《くぎ》状態に嫌気がさし、つい正直な感想が漏れてしまった。

「とりあえず百聞は一見に如《し》かず。少なくとも二ヶ月後の乞巧奠《きこうでん》までには、夜伽とまでは言いませんが、必ず一度は行かれてくださいね。さもないと私は宰相を辞めます」

彼は口をはくはくさせ、最後には、ばつの悪そうな顔で舌打ちをしていた。

ここまで言えば大丈夫だろう。

「信じていますよ、陛下」

◆

後宮が誂えられて三ヶ月。

紅林が宮女として勤めだして、早ひと月が経っていた。

「ちょっと！　そこの狐憑きの宮女は、あたしの宮の近くには配さないでちょうだい！

気味悪いったらありゃしないわ！」

「も、申し訳ございません、宋賢妃《そうけんひ》様……っ！」

宋賢妃の怒鳴り声に、その場にいた宮女達は一斉に掃除の手を止め頭を下げた。

彼女の言う狐憑きが誰を指すのか、その場にいた誰もが理解しており、皆、伏せた顔の下で巻き込まれた苛立《いらだ》ちを露《あら》わにしている。

ピリピリとした皆の視線がひとりの宮女——紅林へと向けられていた。

紅林が掃除していたら、間の悪いことに、ちょうど宮から出てきた宋賢妃の不興を買ってしまったのだ。

「まったく、なんでこんな不吉な女が宮女になれたのかしら。その可愛らしい顔で、どこかの高官にでもおねだりしたのかしらねえ？」

嘲弄が含まれた声音に、宋賢妃に付き従っていた侍女達も追従してクスクスと笑みを漏らす。

しかし、紅林は悲しむことも申し訳なさに涙ぐむこともなく、密かに嘆息した。

こういった手合いはまともに取り合わないほうが良い。

四夫人という、妃嬪の中でも最上位に位置する妃である。

かつて紅林が紅玉であった時分にも、この手の妃はいた。

後宮は、妃嬪や宮女など約千人以上もの女達による階層社会である。

皇帝の正妃である皇后を頂点とし、次に正一品である貴妃、淑妃、徳妃、賢妃の四夫人が並び、その下に正二品である九嬪《きゅうひん》、さらに下に世婦《せいふ》や御妻《ぎょさい》がある。

現在、皇帝に正妃はおらず、おかげで後宮での最高権力者は四夫人となっていた。

彼女達の矜持《きょうじ》は総じて空よりも高いものである。たとえ謝罪の言葉でも、いったん口を開いたが最後、被せるようにして矢継ぎ早に口撃してくる。

彼女達のような者は、得てして相手を黙らせられる権力を持っている、という自負に快楽を覚えるらしい。だから、頭を下げ謝罪の意は表しつつも、無言を貫き通すのが一番であった。

「あなた、翠月国の民よね。だったら一度くらいは狐憑きの話を聞いたことがあるでしょう。それなのに、よくも平然と陛下のいらっしゃる後宮に入ろうだなんて思えたものね」

しかし、一度上った血は中々下がらないのか、宋賢妃は紅林への叱責をやめようとはしない。

紅林は、チラと目だけで宋賢妃の様子を窺った。

きっちりと結い上げられた墨色の髪。前髪から覗く紫の瞳は妖艶で、尖《とが》った目尻と相性が良い。一言で言えば宋賢妃は美人なのだが、どうにも性格にも尖ったところがあり、癇癪的《かんしやくてき》な物言いが多い彼女は、宮女からの評判はよろしくない。

「そういえば、近頃後宮で失《う》せ物《もの》が頻発しているんだとか。とうとうこの間、うちの青藍宮《らんきゆう》でもあたしの歩揺《ほよう》が失《な》くなったのよねえ。この騒ぎ、ちょうどあなたが来たひと月くらい前からだけど……何か知らないかしら？」

実に白々しい言い方をする。はっきりと疑っていると言えばいいのに。

「申し訳ございませんが、私には存じ上げぬことです」

あらそう、と意外にも宋賢妃はあっさりと引き下がったが、クスクスと聞こえる侍女達の笑い声を聞けば、彼女がどのような表情で言ったのか想像もつく。

「賢妃様。きっと、後宮に忍びこんだ悪い狐が盗んでいったのでしょう」

「あらあら、じゃあきっと今頃、巣穴にたっぷりとため込んでいるのかも。内侍省《ないじしよう》に言って捕まえてもらわないとねえ」

これは長くなりそうだ、と周囲にもうんざりとした空気が満ちはじめた時。

宋賢妃の尖った声とは対照的な、真綿のようにふわりと耳に心地よい声が場に落とされた。

「まあまあ、そのくらいでよろしいではありませんか。宋賢妃様」

顔を上げることが許されておらず姿は確認できないが、皆にはその声だけで誰なのか分かった。

宮女達の間に安堵の空気が流れる。

「あらぁ、これはこれは朱貴妃《しゅきひ》様じゃありませんか。こんな南側まで足を運ばれるとは、さぞお疲れでしょう？　どうぞ足を止められず通り過ぎてくださって結構ですよ」

宋賢妃の反対側からやって来たのは、彼女と同じ四夫人の位にいる朱貴妃であった。

宋賢妃は手を横に大きく差し出し、「さあ」と朱貴妃に進路を譲ろうとする。

しかし、それは決して敬いや親切心からではなく、邪魔をするなという意味だと誰もが気付いていた。

後宮に配置される宮は、北側に行くほど高位とされる。

当然、中央一番北奥に置かれているのは皇后の宮だが、今は空となっている。

その次に北側に位置するのが四夫人の宮だが、四夫人内でも暗黙の序列があり、貴妃と賢妃では貴妃宮のほうがより北に置かれる。

宋賢妃は常々それを良くは思っておらず、何かと朱貴妃に嚙みつくところがあった。

安堵の空気も束の間、再び緊張を帯びたものになる。

「宋賢妃様、宮女が後宮内を掃除するのは当然のこととは思いません？」

どうやら宋賢妃の怒声は、遠くまで響き渡っていたらしい。

「わたくし達が心地よく過ごせているのは彼女達のおかげでは。それを、宮に近づくなとは……宋賢妃様は、ご自分の宮の周りが汚れているほうが落ち着くのでしょうか？」

「な、何よ急に」

「はあ⁉ そんなわけないでしょ！」

「では、今回の件は誰も悪くありませんね。皆、自分の仕事をしていただけですから」

「だからぁ！ 普通の宮女じゃなくて、あたしが言ってるのはその狐憑き——」

「宋賢妃様」

ぴしゃりと朱貴妃の声が遮った。

静かだが有無を言わせぬ重みがある。

「彼女がここ後宮にいるということは、内侍省が許可したということ。それはつまり、陛下がお許しあそばされたも同じこと」

朱貴妃の言わんとしていることが分かったのか、宋賢妃はぐっと声を詰まらせていた。

「陛下が後宮に入れると決められた宮女を愚弄するのは、それすなわち陛下への愚弄も同じことでは？」

「……っ！」

分が悪いのは、どこからどう見ても宋賢妃であった。

「も、もういいわよ！」

宋賢妃は癇癪的な叫びを上げると、踵《きびす》を返《かえ》し自分の宮へと戻って行ってしまった。

侍女達がバタバタと後を追いかける足音が聞こえなくなれば、ようやく場に完全なる安堵が訪れる。

「さあ、皆さん。もう仕事に戻って大丈夫ですよ」

鳶色《とびいろ》の緩い巻き髪と蜜色の瞳。常にうっすら微笑まれている口元と、朱貴妃は声だけでなくその姿まで宋賢妃とは対照的であった。

もちろん、性格も容姿を模したように穏やかそのもの。

宮女達は皆、裏で宋賢妃の悪口は言っても、朱貴妃のことは決して軽んじない。

だから宮女達は、本当はここで紅林に一言くらい文句を言いたかったのだろうが、朱貴妃の手前、睥睨《へいげい》するだけで仕事へと戻っていった。

「朱貴妃様、誠にありがとうございます」

紅林は今度は謝罪ではなく感謝に頭を下げた。

もし彼女が通りかかってくれなかったら、腰を痛めてしまうところだった。

朱貴妃は「気にしないで」とふわりと笑うと、しとやかな歩みで貴妃の宮——赤薔《せきしよう》宮《きゆう》へと去って行ってしまった。

皆が去ってしまった場所でひとり、紅林は宋賢妃の言葉を思い出していた。

「失せ物……ねえ」

まさか、歩揺が足をはやして勝手に家出するわけもない。

失せ物——というより窃盗は、後宮では昔から特に珍しいものではない。

「彼女達は、犯人が巣穴にため込んでるって思ってるようだけど、そんなはずないじゃない」

林王朝の後宮でも失せ物の話はよくある類いで、その行方もたいていの場合は同じだった。

「私が入った頃からっていうと、一ヶ月以上も盗みが続いているのね。なのに、内侍省は動いてもいないだなんて……」

内侍省は後宮を管理する部省であり、宮廷の官吏がその任にあたっている。彼らには後宮の綱紀を正す役目があるはずなのだが。

王朝最盛期の緩んだ空気があるわけでもなく、末期の退廃した時勢でもない、できたばかりの後宮だというのに、窃盗がはびこるとは実にお粗末な仕事具合だ。

「内侍省まで報告がいってないのか、内侍省も取るに足らないことと思って放置してるのか、どちらかってとこかしら」

林王朝の後宮を知る者がひとりでも残っていれば、このような雑事はすぐに解決しただろうに。

しかし、あいにく林王朝の後宮は、中の者達もろとも全て燃えてしまった。

この件は、経験者が全くいないことの弊害なのかもしれない。

「だからって、私がどうこうしてあげる義理はないわね」

下手に口出しして、内侍省に目を付けられたくはない。

それに、と紅林は宋賢妃達が消えた方へ顔を向けた。

「あの調子じゃ、ばれるのも時間の問題だもの」

紅林は疲れを溜息と共に吐き出し、仕事に戻ったのだった。

◆

「ごめんねえ、紅林！」

「うっ！」

仕事を終えて宿房に帰ってくれば、入った瞬間、身体に予期せぬ衝撃を受けた。

衝撃の重さに、自分でも驚くほど低い呻《うめ》きが漏れた。

「っそんなに慌てて、いったい何事なのよ……朱香《しゅきょう》？」

腹部に巻き付いた、自分よりも頭一つ分小さい同僚——朱香を見下ろせば、彼女は目を潤ませて見上げてくる。

「ごめんね、紅林。昼間、また宋賢妃様に絡まれたんでしょ。私のせいで宋賢妃様に目を付けられたからだよね⁉　本当なんて言ったらいいか……うぅっ」

「もうっ、そんなはずないじゃない」

申し訳なさそうに眉尻を下げる朱香の頭を撫でながら、紅林は肩をすくめた。

「元々、私自身が彼女には嫌われているんだから。朱香の件は関係ないわよ」

紅林は嫌われている原因を示すように、軽く頭を振ってみせる。一切の濁りない純粋な白が朱香の目の前で揺れた。

宋賢妃は、貴族家門の出ということを鼻に掛けたところがあり、そのため身分が下の者をいたく雑に扱うところがある。もしかすると、朱貴妃に突っかかるのも性格が違うからだけでなく、朱貴妃が宋賢妃よりも低い豪商の出というのが関係しているのかもしれない。

「でも、前よりずっと、紅林に言いがかりを付ける回数は増えたよね」

「そ、それは……」

以前、朱香が粗相をしてしまって、宋賢妃にこっぴどくどやされているのを通りかかった紅林が助けたことがあった。宋賢妃が、自分の庭に咲いた花を皇帝へと贈るため、内侍省に向かっていたところ、朱香がぶつかって花を落としてしまったという。

最初は放っておこうかとも思ったが、あまりにも宋賢妃の落雷が激しく、見るに堪えず口を出してしまった。

それにある意味、朱香は宋賢妃を救ったとも言えるのだから。

宋賢妃が贈ろうとしていた花は鈴蘭《すずらん》。一見可愛らしい花なのだが、根だけでなく花や花粉にも毒性が含まれており、見方を変えれば、宋賢妃は毒を皇帝へと贈りつけようとしたことになる。

それを懇切丁寧に説明してやれば、宋賢妃は顔を真っ赤にして、『片付けておきなさいよ！』と叫んで宮へと帰っていった。

宮女如《ごと》きに指摘されたのが、よほど癪《しゃく》に障ったのだろう。確かに、そこから宋賢妃の嫌みを聞く日は増えたと思う。

「別にいいのよ、私は。この髪色に向けられる悪意には慣れたし。それに、この程度の嫌みなんて可愛いものよ」

昔の後宮のほうがもっと陰湿で、もっと汚かった。宋賢妃の口だけの嫌みなど、痛《いた》くも痒《かゆ》くもない。

そう言っても、朱香の表情は晴れない。

唇を尖らせ、窺うようにじぃっと見上げてくる。

ふわふわとした朱香の赤茶けた猫っ毛が、首筋で揺れてくすぐったかった。

朱香は同い年だというのに、どこか幼い雰囲気が残る宮女だ。頬の淡いそばかすがそう見せているだけかもしれないが、こういう感情のままに涙ぐむ姿を見れば、幼いというよりも純粋なのかもしれない。

首筋のくすぐったさに我慢できず、紅林はそれに、と笑みを漏らす。

「朱香とこうして友人になれたんだし、私にとってあれは、感謝すべき出来事だったのよ」

だから気にしないで、と言えば、朱香は一度眉を大きく上げ、すぐに眉宇を垂らし照れくさそうにしていた。

もう口元も尖ってはいない。

「私も紅林みたいな友人ができて嬉《うれ》しいよ」

「ありがとう、朱香」

まさか、自分に友人などというものができるとは思ってもみなかった。

後宮に入ったことは誤算だったが、こちらは紅林にとって嬉しい誤算である。

それに、紅林にとって後宮は、予想以上に暮らしやすいものだった。

宮女達の間での紅林の扱いは、王宮の外のものとそう変わらない。

それでも、外での生活よりも随分といい。

後宮は、一度入ると自らの意思で出ることはできない。

厳密に言えば、罪を犯したり、皇帝が代替わりしたりすれば出ることもできるのだが、ちょっとやそっとのことで役目を解かれることはない。

つまり、誰にも衣食住を脅かされず暮らせるということだ。

おかげで随分と気持ちが楽になったものだ。心の余裕が違う。

髪色を必要以上に気にすることもしなくて良くなったし、こうして、髪色を気にせず優しい言葉を掛けてくれる朱香や、分け隔てなく扱ってくれる朱貴妃もいる。

もしかすると、過去一番の生活環境の良さなのかもしれない。

「それにしても、宋賢妃様に会うたびに小言言われたんじゃ堪《たま》ったもんじゃないよね！　ネチネチ小言が多いし長いし」

「そうね。彼女の小言はどうでもいいけど、近くにいた他の宮女達が巻き添えになるのはちょっとね……」

宋賢妃に絡まれるたびに、宮女達の自分への鬱憤が溜《た》まっていくのなら勘弁したい。

——騒ぎとか、本当ごめんだわ。

すると、紅林から離れた朱香は、腕組みして「んー」と唸《うな》る。

「じゃあ、掃除場所を変えてもらったらいいかも。宋賢妃様が来ないような……あっ、北庭とか良さそう！　私、宮女長に変えられないか掛け合ってくるね！」

「えっ、それなら私が自分で行くわよ」

「大丈夫大丈夫！　紅林は先に食堂に行ってて」

紅林に手を振ると、朱香はあっという間に宿房を飛び出ていってしまった。

「まったく、あの子ったら……」

ふっ、と紅林は目元を和らげた。

おそらく気を遣ってくれたのだろう。宮女長も他の宮女同様、紅林に忌避の目を向ける者だから。

紅林は、肩口に流れる自分の髪を摘まんだ。

老人の白さとも違う、雪に染まったような色。

この国では不吉の象徴である狐憑きの証《あかし》。

狐憑きは不幸を呼ぶと言われている。

『ここ後宮にいるということは、内侍省が許可したということ。それはつまり、陛下がお許しあそばされたも同じこと』

そう、朱貴妃は言った。

しかしその時、紅林は伏せた顔の下で自嘲していた。

宮女というものは、募集の公示がなされ適性試験が行われた上で、合格した者だけがなれるものである。

そこから先はまた、家柄や身分などで女官や宮女と割り振られていったりと色々あるが、ひとまず後宮に入るには、何よりも適性試験を突破しなければならない。

だが、紅林は花楼を出る時点で既に入宮が決定していた。

楼主に『お前は宮女になるんだ』と告げられた時、紅林は間髪容《い》れずに『無理です』と返した。

同じ民にすら気味悪がられる狐憑きなど、治安と品格が重要な後宮に誰が入れたがるのか。もしかすると、宮女募集の噂を聞いて、支度金欲しさに思いついたのかもしれないが、前提が無理な話だ。

しかしそう言うも、楼主と女将は自信満々に『大丈夫だから』と笑うばかりだった。

『王宮のとある高官様が、お前を宮女にしてくださるんだと』

話を聞けば、そのとある高官は花楼の妓女の身請けを望んでいたらしい。

妓女の身請け金をぽんと出せる財力のある高官。今後の付き合いを考えても、楼主に断るという選択肢はなかった。

しかし、高官のほうが身請けに際し条件をつけてきた。

『私の可愛い娘娘《にゃんにゃん》が、例の狐憑きの娘を店から追い出してくれないと嫁がないと言っているのだよ』と。

身請け金が欲しければ、紅林をクビにしろということだった。

妓女達から疎まれているのは知っていたが、店を出て行く最後まで嫌がらせをするのか、と姿は美しくとも心も同じとはいかないのだなと紅林は思った。

そしてこの時、高官は条件と一緒に、紅林を宮女にしてはどうかと提案したらしい。紅林をただクビにするだけではもったいなく、近々行われる宮女募集で出せば支度金をもらえるから得しかない、とでも楼主に吹き込んだのだろう。

しかし、白い髪の紅林は普通に行ったところで弾《はじ》かれる可能性がある。そこを楼主が心配すれば、高官は自分の地位ならどうとでもできる、と言ってのけたということだった。

常日頃、紅林を追い出したくて堪らなかった女将は喜んで話に食いつき、楼主も妓女の身請け金だけでなく、宮女の支度金まで手に入ると知り、躊躇《ためら》わず高官の話にのったのだった。

そうして晴れて妓女と高官は結ばれ、紅林は後宮へと半ば身売りのようなかたちで入ったのだが。

——それにしても不思議な話だわ。宮女の採否をどうとでもできるだなんて。結構上の官吏だろうし、普通ならそんな人が不幸を呼ぶって言われている者を、なんの見返りもなく後宮に入れるかしら……。

腕を抱え、ひとり思案に没頭する紅林。

しかし、高官が誰かも分からない状況では、いくら考えようと相手の思考など読めるはずもなく。

「ま、どうでもいいわね」

それよりも夕食の献立のほうが気になるなと、紅林は早々と考えるのを諦めた。

3

よく晴れた青空の下、紅林は箒片手に「んー」と気持ちよさそうに伸びをした。

「気遣う人がいないって楽なものねえ」

朱香の交渉のおかげで、紅林の掃除場所は北庭へ変更になった。

北庭は後宮の一番北奥――皇后の宮よりもさらに奥にあり、宿房から結構な距離がある。おかげで北庭掃除は、宮女達からははずれ職と言われていた。

「私にとったら全然はずれじゃないわ」

後宮の北壁に沿って広がる北庭には、真ん中に池泉が置かれ、その周囲を埋め尽くすように多種多様の草花が咲き誇る絶景地でもある。

なのに人けがまるでないのは、見る者がいないからだった。

妃嬪達は慣れない後宮という場では、まだお互い様子伺いの状況らしく、外にはあまり姿を現さない。それに彼女達は宮の中に自分好みにしつらえた庭を持っており、わざわざ遠い北庭まで足を運ぶ必要がないのだろう。

「王都の花屋でも、ここまでの種類と数を揃えることはできないでしょうに」

それなりに気合いを入れて造った後宮ということか。

「残念ながら、全くその役目を果たせてないみたいだけど」

ふっ、と紅林の珊瑚色の唇が歪《いびつ》につり上がる。

「まさか、皇帝が一度も後宮を訪ねてこないだなんて……」

後宮が誂えられてから、既に三ヶ月が過ぎているというのに、皇帝は一度も姿を見せていなかった。

「私にしたらありがたい状況だけど、妃嬪様達は気が気じゃないわよね」

もしかすると、宋賢妃の癇癪は、皇帝が訪ねてこないことの焦りからなのかもしれない。

このままずっと皇帝が来なければ、後宮の女達は無駄に年を重ねていくだけなのだから。美しさも位階の基準とされる妃嬪達にとって、これほど恐ろしいことはないだろう。

「宮女の私には関係ない話だわ」

宮女でも皇帝に見初められれば一足飛びに妃嬪に冊封《さくほう》されることもあるが、紅林は元からそのような希望も期待もない。

できれば一生会いたくない相手である。

「さて、掃除も終えたし。今日はなんの花にしようかしら」

紅林は池のほとりに咲いた花を見渡し、その中から真っ赤に咲いた雛芥子《ひなげし》をぷちんぷちんと摘み取っていく。充分な束になったところで北壁の際——木々に囲まれた閑静な草地の一角へと向かった。

そこには昨日供えた白詰草が、少しくたびれた様子で置かれている。

「まさか本当にこうして、かつて暮らした場所に花を供えられるようになるなんて」

紅林は王都で日課としていた母への供花《きょうか》を、宮女になってからも続けていた。

「私にとったら誰にも会わずにすむし、お花にも困らないし、仕事にかこつけていつでも供花できるし、最高の仕事場だわ。まあ……ひとりで掃除するには、ちょっと広すぎるけど……」

北庭の掃除係が紅林ひとりしかいない理由は、ちょっとばかし意地悪な宮女長が紅林だけを配したのか。それとも他の掃除係が、紅林と一緒なのを嫌がって勝手にさぼっているかだ。

だが、掃除をひとりですることよりも、その他の環境が良すぎて全く問題ではない。

「災い転じて福となすって言うのかしらね」

思わぬ展開に喜びを口元に浮かべながら、紅林が雛芥子を置こうとした時だった。

「おい、そこの宮女。そんな所で何をしている」

「──ッ⁉」

背後から不意に掛けられた重低声に、紅林は心臓が口から飛び出しそうになった。

まさか誰かいるとは思わず、しかも、聞こえた声が男のものだったから。

──待って。男……って、まさかそんな……！

後宮にいる男といえば──最悪の答えが脳裏に浮かぶ。

紅林は振り向くこともできず、身を強張《こわば》らせ、次第に早くなっていく己の心臓の音を耳の奥で聞いていた。

「そこに毎日花を置いていたのはお前か」

男の腹に響くような低い声音は、先ほどよりも近い場所から聞こえた。

草を踏むサクサクとした足音が次第に近くなる。

──どうして、こんな後宮の端に……っ⁉

「だんまりか……なんとか答えたらどうなんだ」

全く反応を返さない紅林に、男の声も苛立ちはじめる。

近づく足音が紅林の真後ろで止まった次の瞬間、「おい」と、紅林の腕は乱暴に引っ張られた。

「痛……っ！」

腕を強引に引かれた反動で、手にしていた雛芥子の花が二人の間に舞い散る。

赤い花弁がひらひらと羽のように落ちる中、向こう側には花と同じ色の目をした青年がいた。

──火……みたい。

青年の赤い瞳に、摑まれた腕の痛みも忘れ、どうしてかそんな呑気《のんき》な感想を抱いてしまった。もしかすると、赤い花が舞い散る幻想的な光景に呑《の》まれたのかもしれない。

しかし、その感想も一瞬。

「女、何者だ」

本当、後宮《ここ》は思わぬ展開が続く場所だ、と紅林は背中が冷たくなるのを感じた。

──最悪……っ。

母を、自分を殺した男になど絶対に会いたくなかったのに──と、歯痒《はがゆ》い気持ちで奥歯を噛もうとしたが、紅林は彼の出《い》で立《た》ちに違和感を覚えた。

よく見れば、青年は武具を纏っている。

それだけではない。身に纏う衣は絹ではないし、足元も衛兵などが履く長靴《ちようか》だ。冠も被っていない頭は、長い髪が頭の高い位置で簡素に結われ背中に垂らされている。

──……あら？

「もしかして、衛兵……の方でしょうか」

「それ以外に何がある」

密かに紅林は安堵の息を吐いた。

――そうよね。皇帝がこんな真っ昼間から後宮にいるはずないじゃない。

しかも、妃嬪の宮もない後宮最北。こんな花と草と水しかないところに、皇帝の用事などあるはずがない。

「それよりも、まず俺の質問に答えろ」

「……っ！」

しかし、一難去ってまた一難。

紅林の腕を締め上げていた男の手の力が増した。

「見回りに来るたび、そこに置かれている花が変わっていた。それは何を意味するものだ」

「意味って……別にそれは……っ」

赤い瞳の奥で焔《ほのお》が揺れた。

チリ、と肌を焼くような緊張感が二人の間を満たしていく。

どうやら不審人物と思われたようだ。

さて、どうしたものか。

素直に話すことは無論できない——死者を弔っていたなどとは。

まだ、関玿の後宮はできて日が浅い。当然、死者が出たという話は聞いたこともない。その中で死者を弔うなどと口にすれば、前王朝の後宮関係者だと勘ぐられる恐れがあった。林王朝の後宮関係者に生き残りはいないと言われているのに、そのような者が現れれば徹底的に尋問され、身元を洗われることになる。

そして、その先に待っている結果は『死』のみだ。

——そんなの駄目。私は生き続けるべきなんだから。

紅林は眉を下げ、視線を足元へと落とした。

なるだけか弱く、悲しみに暮れた、ただの宮女に見えるように。

「それは……先日そこで亡くなっていた雛を弔う花です」

「雛だと？」

こくり、と紅林は小さく頷《うなず》く。

「勝手に墓などとは思ったのですが、あのまま放って他の鳥の餌になるのも忍びなく、人目に付かぬ場所ならと……勝手をして申し訳ございません、衛兵様」

信じてくれとばかりに、紅林は真《ま》っ直《す》ぐに青年の赤い瞳を見つめた。

それにしても、見れば見るほど不思議な瞳だ。

赤色だというのに、青く澄んだ湖面を想起させる清涼さがある。木々に囲まれ薄暗いこの場にあっても、彼の瞳は水晶のように静かな輝きを放つ。

「では、この雛芥子も単なる供花だったと。符牒《ふちょう》などではなく」

「ふふ、面白いことを言われますね。後宮で誰が符牒など使いましょうか」

どうやら彼は、衛兵としての素質はずば抜けているようだ。

特定の者にしか分からないよう伝える隠語や印を符牒というが、草地に落ちている花一つでそこまで思考を巡らすとは。想像力逞《たくま》しいというか、危機管理能力が高すぎるというか。

青年は納得したのか、摑まれていた腕がようやく解放された。

「それで、お前は……」

「宮女の紅林と申します」

「紅林か。俺は衛兵の……永季という」

紅林は軽く膝を折り、伏し目がちに会釈した。

「その、疑って悪かった。それに、腕も……」

「え、ああ」

手首を強く握られていたせいで、解放されても皮膚の下にジンジンとした妙な感覚があった。紅林は無意識にその部分を手で撫でていたのだが、彼はめざとく気付いたらしい。

「すまない、女人の腕が細いということを忘れていた」

引く手数多の看板を背負っていそうな顔貌をしておいて、まるで女を知らないとばかりの言い方ではないか。冗談が下手な男だ。

「お気になさらずに」

紅林は落ちた雛芥子を拾い、改めて雛の墓へと供える。

「……墓か」

紅林が座って花に手を合わせていると、後ろで男がぽつりと言葉を漏らした。

「昔、俺のせいで亡くなった者達がいてな……皆はもう忘れて前を向けと言うが……正直、俺は前への向き方が分からない……」

独り言のような声の大きさだったが、人けがなく静かな北庭では互いの息遣いまでもはっきりと聞こえる。

「皆ができていることを俺だけがまだ引きずって……」

後ろにいるため彼の顔は見えないが、おそらく自嘲しているのだろうと思う。それくらい投げやりな言い方だった。

彼に何があったかは知らない。先ほど知り合ったばかりなのだし、当然といえば当然だが。ただ特に、これ以上も知りたいとは思わない。皆色々なものを抱えているものだし、本人から話さない限り、不躾《ぶしつけ》に他人が入っていい領分でもないと思う。

——私にだって入られたくない部分はあるもの。

「どうやったら忘れられるんだろうな」

彼は衛兵だし、言い方からするに、きっと先の争乱で部下などを亡くしたのだろう。

踏み込むつもりはない。

「忘れなくていいのではないですか」

だから、これはただの気まぐれ。

同じく、自分のせいで亡くなった人をもつ者としての、ただの安い共感。

「忘れないからこうして花を供えられるわけですし。史書だって、過去を知ることで、同じ過ちを繰り返さないようにするためにあるんですから、忘れることが前を向くことではないと私は思います」

背後で草を踏む音が聞こえた。

「弔いって、実は故人のためのものでなく、残された者のためだって知ってました？ 葬《そう》供《く》律《りっ》書《しょ》曰《いわ》く、前を向くための儀式らしいです」

「弔い……」

「好きなだけ思い出して、こうして花でも供えたら良いと思いますわ」

すると隣に気配を感じた。横目で窺えば、永季が大きな身体を紅林のように丸め、雛芥子へと視線を落としていた。

「……俺も、手を合わせていいか」

紅林は眉を上げることで返事とした。

若草色に映える真っ赤な雛芥子の花に向かって、二人は並んで手を合わせ、しばし穏やかな時間を過ごした。

「あ、衛兵様。どうか、このことは内密にしていただけませんか。雛とは言え、勝手に後宮に墓など、内侍省に知られたら怒られてしまいます」

「それは構わないが……俺の名は先ほど伝えたと思うが、呼んではくれぬのかな」

顔を横から覗き込まれるが、紅林は躱《かわ》すようにして立ち上がった。

「私はただの宮女ですから。仕事相手以外の殿方と結んで良い縁などないのですよ」

などと、分をわきまえた宮女のごとく格好付けて言いはしたが、本音は『勘弁してほしい』だ。

ただでさえ皇帝が来ない、もぬけの後宮なのだ。

はけ口のない欲望を身に抱えた女達は、皇帝以外の男——内侍官や見回りの衛兵を相手に、一時の恋を楽しもうと日々品定めをしているというのに。

そんな中、見目の良い衛兵を名で呼んでいたとなれば、どのような感情を向けられるか。考えただけで面倒臭い。ただでさえ今でも狐憑きと、周囲には良く思われていないのに。

――目立たず、なるべく地味に。それが長生きの秘訣《ひけつ》なんだから。

「衛兵様は、こちらへは見回りでしょうか？」

「あー……まあ、そうだ」

歯切れの悪い返事だ。

もしかすると、彼は見回りをさぼりに来ていたのかもしれない。

妃嬪宮の周囲や、宮廷側と繋がる後宮門に近づくほど衛兵の数は多くなり、見回りの必要性も高くなる。反対に、妃嬪宮からは離れ、後宮のどん詰まりである北庭まで見回る必要性は低い。

なるほど、さぼるにはうってつけの場所だ。

先ほどの乱暴な行いも、慌てて取り繕った結果の尋問だったのかと思えば、紅林の口からは苦笑が漏れた。

堅物そうに見えたが、案外人間味がある。

「……何がおかしい」

「いえ、確かにさぼるにはうってつけの場所だなと」

「見回りをしていただけだ。決してさぼってなどは……いや、その……」

「はい、存じておりますわ」

さぼっていないと言いつつも言葉が怪しくなっていく永季に、紅林は首肯してみせた。

が、その肩が揺れ続ければ、永季の顔も段々と渋くなっていく。

「……俺は仕事に戻る。春とはいえまだ日は短い。あまりこんな所に長居しすぎるなよ」

「気をつけますわ」

永季は、紅林の返事が口先だけの言葉と分かった様子を見せたが、しかしそれ以上何も言わず、踵を返し戻っていった。

長い足だと進みが良いのだろう、あっという間に背中も見えなくなってしまった。

「……ただの衛兵で良かったわ」

紅林はほっと安堵に胸をなで下ろした。

瞬間、ガサッと音がしたと同時に、視界の端で何か鮮やかな色が動いた。

なんだ、と音がした池泉の方へ目を向ければ、青い深衣の女が急ぎ去って行く姿が見えた。

「あれは……青藍宮の侍女？　随分と慌ててるわね」

北庭から近くもない青藍宮の侍女が、ひとりこんな所でいったい何をしていたのだろうか。まさか、掃除でもあるまい。

紅林は、人差し指で頬を打ちながら、池泉のほとりへと向かってみた。

「彼女、こんな所になんの用だったのかしら」

瞼を閉じ、走り去る侍女の姿を思い返す。

「袖は濡れてなかったけど……靴先は土で汚れてたのよね」

紫や黄色の花を咲かせる草花をかき分け、紅林はどんどんと池の縁に近づいていく。

そして、侍女が飛び出してきた場所らしきところで、顔を巡らせた。

何も変わったところはない。花が手折られても、土が掘り返されたりもしていない。

しかし、紅林は足元に広がる池の一点を眺め、そして、やにわに水の中へと手を突っ込んだ。

「手中は三流。土中は二流。一流は――」

池の手前側にそこまでの深さはなく、すぐ底石とは違った感触が指に触れる。

「――水の中……ってね」

引き上げた紅林の手には、黒色の包みが握られていた。

「あらまあ」

図らずも、侍女ひとりの命を握ってしまったようだ。

4

紅林が、水の中で拾いものをしてから数日。

北庭の池泉のほとりで、ひとりの女がしゃがみ込んでいた。

どうやら、草の根をかき分けたり、水の中を覗き込んだりと、焦ったように何かを探している様子。

「そこの小姐《お姉様》。お探しのものはこちらでしょうか？」

背後から忍び寄り、紅林は青い背中に声を掛けた。

青い深衣の侍女は、「きゃっ」と小さな悲鳴を上げ、それこそ飛び上がらんばかりに驚いて振り返る。

「あ、あんた狐憑き⁉　……って、なんであんたが⁉」

侍女は背後にいた紅林の姿を確認すると、紅林が手にしていたものを見て瞠目した。

みるみる顔が蒼《あお》ざめていく。

紅林の手に握られていたのは、緑色の橄欖石《かんらんせき》がはまった金飾りの歩揺。

「宋賢妃様の盗まれた歩揺って、こちらですよね？」

「ち、違うわよ……ていうか、私は関係ないし？」

侍女の視線は泳ぎに泳いでおり、否定の言葉も空々しく聞こえてしまう。

「これを見つけた時、青色の深衣を纏った方が走り去っていくのを見ましてね……」

後宮に勤める者達は、それぞれの身分に応じて身に纏う衣が変わる。

後宮の雑事担当の宮女は、織りも模様もない、簡素な綿の上衣と交領襦裙《こうりょうじゅくん》。

後宮運営の役職が与えられる女官は、同じ襦裙の裾に模様を入れることができ、生地も紗《しゃ》などが許される。

そして、妃嬪に側仕《そばづか》えできる侍女には深衣が許されるのだ。

また四夫人の宮にはそれぞれ色が与えられており、侍女は皆その色の衣を纏うことになっている。

「青色は青藍宮——つまり、宋賢妃様の侍女ですよね」

侍女の目は今にもこぼれ落ちそうなくらいに見開かれ、足元の一点を見つめていた。その額には汗が滲《にじ》みはじめているのだが、口は引き結ばれたままだ。

ふう、と紅林は鼻から薄い息を吐く。

「あなたでないのなら、私が落とし物として宋賢妃様に確認しに行きますね」

「っやめて‼」

歩揺片手に踵を返そうとした紅林に、飛びつくようにして侍女がしがみついた。鼻先を真っ赤にして今にも泣きそうな、必死の形相である。

「そ、それはあんたにあげるから……どうかこのことは宋賢妃様には黙っていてちょうだい……っ」

「私にこれを渡したとして、また別のを盗む気ですか」

盗品を、しかも宋賢妃の物を手元に置いておくなど、絶対にろくなことにならないのは目に見えている。これ以上、彼女の覚えめでたくなどなりたくない。

「ねえ、お願い……っ、見逃してよ……」

哀切に請う彼女の様子からするに、どうやら欲に任せた単なる窃盗ではないらしい。

池で見つけた包みの中には、この歩揺一本しか入っていなかった。

後宮では今、失せ物が頻発していると聞くが、おそらく彼女はこれが初めてなのだろう。

紅林の腕に巻き付いて涙目で震えている彼女を見れば、窃盗になど向かない性格なのは分かる。

――ここで見逃すと、下手したら私にまで咎《とが》が及ぶ可能性があるけど……。

紅林は侍女をじっと見つめたあと、諦めたように深い溜息を吐いた。

乗りかかった船だ。

せめて、自分の寝覚めが悪くならない程度には面倒を見るべきだろう。

「小姐、この歩揺は今度の市で売るつもりだったのでしょう?」

半月に一度、後宮では商人がやって来て市が立つ。

後宮に勤める者の数少ない楽しみの一つだが、中には、商人に盗品を買ってもらい小遣い稼ぎをする者もいる。

パッと侍女の顔が上向いた。

目が「どうして知っているのか」と言っている。

紅林は呆《あき》れて肩をすくめた。

「小姐は分かりやすすぎるんですよ。それではすぐに宋賢妃様にもばれていたと思います」

先日、宋賢妃が歩揺が失くなったという話をしていた時、彼女だけ足先が忙《せわ》しなく動いていた。宋賢妃達は気付かなかっただろうが、顔を伏せていた紅林の視界にはバッチリと映っていた。あれは、やましいことがある者の動きだ。

「それに、あまり商人を信用しすぎたら痛い目をみますよ」

「え、それはどういうこと……」

紅林は、侍女を腕から解くと歩揺を返し、自分は草花が生い茂る池のほとりへと足を踏み入れる。

「えっと、ここら辺りがちょうど良いかしら……接骨木《にわとこ》と繁縷《はこべ》と石斛《せっこく》」

言いながら次々と草花をちぎっては、侍女に押しつけていく。

「え、え、なんなの突然⁉」

「接骨木と石斛は陰干しで、繁縷は絞って汁を取ってください」

「ちょっと待って、理解が追いつかないのよ⁉」

「あと芍薬《しゃくやく》」

紅林は芍薬の花を——ではなく、茎を掴み根っこから引っこ抜いた。

これには侍女も口をあんぐりと開け、品格など微塵もない声を上げる。

「えええ⁉　あ、あんた今ズロズロって引っこ抜いて……⁉　さすがにそこいらの草花を摘むのとはわけが違うわよ⁉　芍薬は怒られるって！」

「ズロズロって面白い表現ですね」

「言ってる場合⁉」

驚愕《きょうがく》している侍女をよそに、紅林は芍薬の根をブチブチとちぎっていく。

その姿にまた、侍女は目を白黒させていた。

「誰も来ない北庭の花がひと株なくなろうと、気付く人はいませんよ」

「蓮《はす》のように綺麗な顔して色々と大雑把ね、あんた」

手が土だらけになりながらちぎった根を、侍女に渡す。

「市の商人に売るのならこちらにしてください。全て薬草になる植物です。薬草は常に必要なものですから、結構いい値で買ってもらえますよ」

「な、なんで……」

侍女は腕の中にあるものと紅林とを、戸惑った視線で交互に見やった。

「理由は分かりませんが、お金が必要なんでしょう？」

侍女の口角が下がり、ぐっと息を呑んだのが分かった。

やはり何か事情があるようだが、こちらから聞くべきことでもない。言いたければ彼女から話すだろう。

「面倒事は避けたほうが良いですよ。後宮は小姐が思っているよりもずっと怖いところですから。いつどこで誰が見ているか分かりませんし、弱みを握られたら、それこそ後の祭りですから」

「……狐憑きのくせに、まるで後宮を昔から知っていたような口ぶりね」

「コンコンとしか喋《しゃべ》れないって思ってました？」

紅林が肩と一緒に片口を上げてみせれば、彼女の寄っていた眉間がふっと開く。

両手いっぱいに乗せられた草花を、ぎゅうと抱きしめる侍女。

ややあって、彼女の口が開く。

「……ねえ、あんたの名って、なんていうの」

「紅林ですけど」

「本当はね……私も盗みなんてしたくなかったの……」

侍女は握りしめた橄欖石の歩揺を後悔の滲んだ顔で見つめ、ぼそりと呟《つぶや》いた。

震えているのか、穂先から下がる細い金板がシャラシャラと繊細な音を立てている。

「――っありがとう、紅林。私は徐瓔《じょえい》っていうの。宋賢妃様のいびりから守ってあげることはできないけど、困ったことがあったら言って。恩は返すわ」

宋賢妃から守るのは無理なのだな、と変に素直な徐瓔に、紅林は思わずぷっと小さく噴き出した。

「歩揺は、こっそりと宋賢妃様の衣装簞笥《だんす》に返しておくわ」

「それが良いと思います」

徐瓔は慌てることなく落ち着いた歩みで、青藍宮へと戻っていった。


徐瓔の背が見えなくなると、紅林は手にしたままの芍薬を見やった。

根はなくなったが、花は美しく咲いている。

「ちょうどいいわ。今日はこれを供花にしましょ」

「存外、お前は図太いな」

思いのほか近くで聞こえた、ふっと鼻で笑う音と重低音の声。

驚きで肩を揺らしてしまった自分が悔しい。

「そんな大物を引っこ抜くとはな」

「見に来ない方達のために咲くより、眠るものを慰めるために咲くほうが花も嬉しいでしょう」

声がした方を振り返れば、そこには案の定の男が、木の幹にもたれるようにして立っていた。

永季は鳩《はと》が豆鉄砲をくらったように目を丸くして、パチパチと瞼を瞬《しばた》かせている。

「見回りでしょうか？　衛兵様」

「やはり、名では呼ばないか」

「ええ、衛兵様とは北庭で偶然会うだけの関係ですので」

『だけ』の部分をことさらに強調して言ってみたが、永季はやれやれと言わんばかりに片方の眉だけを上げ、首を揺らす程度にしか反応しない。

美丈夫と関わって良いことはない——これだけは、いつの時代の後宮にも共通して言える真理である。何度も史書で読んだものだ。

——後宮に入れる衛兵は、醜男《ぶおとこ》でないと駄目ね。

「それにしても、随分と面白い会話をしていたな。盗まれた宋賢妃の歩揺がどうとかこうとか……」

核心部分の全てを言っておいて、どうとかと濁す必要はあるのだろうか。

「てっきり、紅林はあの侍女を脅すつもりなのかと思っていたが……。まさか、別の商売方法を教えるとは。随分と後宮事情に詳しいようだな」

「後宮に勤めておりますので」

「……それもそうだな」

それに、と紅林は続ける。

「彼女、何か事情があった様子ですし。自分にできることがあるのに、そのまま……だなんてできませんよ」

俯いたことで視界に入ってきた顔の横髪を、紅林は無意識に指で弄ぶ。

「あのままいけば、彼女には間違いなく咎めがありました。窃盗の罪であれば笞杖刑《ちじょうけい》ですが、はたして五発も彼女が耐えられるとは思いませんでしたし」

少なく見積もって五発だ。通常であれば、両手を優に超える数が科される。男でも十発も叩《たた》かれれば、皮膚が破れ血まみれになるというものだ。

薄い体つきの徐瓔が耐えられるとは思えない。人はあっけなく死ぬ。

「刑罰にも詳しいのか」

永季が感心した声を漏らすが、紅林はもう反応しなかった。

「衛兵様、お仕事に戻られなくてよろしいのですか」

正直、これ以上彼と一緒にいたくない。

何故だか、ただ会話しているだけでも探られている感じがするのだ。ただの衛兵に抱く感情としては少々警戒心が先走りすぎかとも思うが、立っているだけでも滲む、彼の清冽《せいれつ》な威圧感に触れれば、無防備に受け答えなどできなかった。

永季は、「仕事……な」と形の良い顎に指を這わせ、見下ろすようにして紅林を見る。

「仕事相手であったら名を呼んでくれるんだったな」

「へ？」

嫌な予感がする。

聞きたくないという思いが先行して、紅林の足がジリと後退る。が、伸ばされた永季の手によって腕を摑まれ、無理矢理その場に留められてしまう。

「ど、どうして、そんなに呼ばせたがるのです」

「さあ？　俺にも分からんが……呼ばせてみたいと思っただけだ」

――そんなよく分からない浅い理由で……！

これには紅林の口元も引きつるというもの。

「近頃、後宮では失せ物が多いと聞いている」

「そ、そうなんですね。存じませんでしたわ」

「それで、どうやら『狐憑き』と呼ばれる者が、最有力容疑者として名が上がっているのだとか……」

向けられた赤い目は品定めするように、紅林の頭のてっぺんからつま先まで視線をゆっくりと往復させ、意味深に口端をつり上げた。

――この男……っ、てっきり鈍いだけの男だと思っていたら……。

先日、一度も髪色に触れてこなかったから、ありがちな武官――噂話などには疎い質《たち》かと思っていたのだが。

「後宮を守る衛兵として、この件を放置して綱紀が乱れるのは見過ごせないからな。一連の犯人探しを手伝ってくれないか」

「……っそのようなことは、内侍省が調べられると思いますが」

「そうか……だが、宋賢妃の歩揺を盗んだ犯人を隠匿した者がいると知れば、内侍省はどうするだろうか？」

「こ――っ！」

――この男っ！

思わず口走りそうになった言葉をぐっと飲み込んだ。

これは、考えるまでもない。はっきりと脅されている――『手伝わなければ、先ほど見た件を内侍省に言いつける』と。

「これで仕事相手だな」

「そうですねっ、永季様！」

目を細めた永季の胸に、紅林は手にしていた芍薬を押しつけ、さっさと宿房へと戻った。『最悪だわ！』と胸の中で舌打ちをしながら。

執務室の扉を閉めた途端、関玿は喉の奥からこみ上げる衝動に肩を揺らした。

「く……っははは！ 冗談だろう、なんだあの女は」

一度決壊すると調整がきかず、次々と出てくる笑みに関玿は腹を押さえて耐える。

「何がただの宮女だ。ひどい猫かぶりだ」

ただの宮女が、窃盗品片手に犯人を脅したりするものか。しかも、それで金銭を得るわけでなく、それどころか犯人に別の稼ぎ方を教えるなどと。

悪どいのか、情に篤《あつ》いのかよく分からない女だ。

「出会った時から妙な女だとは思っていたが、考えていることがさっぱり分からん」

関玿はひとしきり笑うと、引きつった痛みを訴える腹をさすりながら、長牀《ちょうしょう》にどっかと腰を下ろした。

「この俺が、まさか後宮に通う日が来るとはな」

さすがに宰相殿に辞められては困るため、後宮へ行くことにはした。が、どこの宮も訪ねるつもりはなかった。

迂闊《うかつ》にどこかの宮を訪ねて、あの妃嬪が皇帝のお気に入りだ、などと吹聴されても困る。しかし皇帝が後宮を訪ねて、どこの宮にも入らずウロウロするのも変な話だ。

だったら、皇帝とばれなければいいという結論の末、関玿は衛兵のふりをして日中に後宮を訪ねることにした。

「言われたとおり訪ねはしたからな。これで、永季も文句はないだろうさ」

半分は、行け行けとうるさい宰相――安永季《あんえいき》への意趣返しである。

もちろん、後宮に行ったとも、衛兵姿で行ったとも話してはいない。しばらくヤキモキしていればいいさ。

「それにしても、一度きりのつもりだったんだがな……」

二週間前、関玿は初めて後宮門をくぐり、後宮へと入った。

最初で最後のつもりだったし、それならば後宮全てを見てやろうと、見回るふりをして隅々まで歩き回った。

その中で、花を見つけたのだ。

北壁の際に、数本の花が置かれていた。どこからか飛んできたのかとも思ったが、それにしては全て花の向きは同じで、茎にはちぎったあとがあった。

それは、誰かが故意に置いたものという証《あかし》。

では、誰が、なんの目的で？

一度きりのつもりだった――が、その花の意味が知りたくて、翌日も衛兵として後宮を訪ねた。

すると、花が置かれていた場所には、また別の花が増えていた。

その翌日も、そのまた翌日も。

訪ねるたびに違う花が置かれている不思議な現象に、関玿は図らずも夢中になった。

あの花に意味はあるのか。

もしかしたら何かの符牒かもしれない。

そうして北庭に足を運び続け、先日、やっとその正体を知った。

犯人は、珍しい白髪の宮女。

薄暗い北壁にいても彼女の色はよく目立った。

木漏れ日の薄明かりに輝く彼女の姿を初めて見た時、月を見上げた時のような切なさを抱いた。そして、今にも消えてしまいそうな儚《はかな》さに、幻かと思わず手を伸ばしてしまったのだ。

結果、彼女はしっかりと生きた人間だったのだが、すると今度は『では、こんな後宮の端で何をしていたのか』という疑問がわいた。

本当に符牒なのかもと。

しかし、聞けばなんのことはない。花は供花で、相手は死んだ雛だった。

小さな命を憐れと惜しんだ宮女の、心優しい行いだったわけだ。

花が置かれていた謎も解けたし、関玿は、本当にこれでもう後宮へは行かないつもりだった。

「――のになぁ……」

初めて、あの日のことを『忘れなくてもいい』と言われた。

長い付き合いの安永季ですら早く忘れろと言っていたのに、まさか、出会ったばかりの宮女に肯定されるとは思ってもみなかった。

皆、とうに先へと進んでいるのに、自分だけが進めないでいることが情けなかった。

それがこの国の王だというから、また笑える話だ。

失った命はもう戻らない。でも忘れることもできない。

すっかり身動きができず、あの日の光景を強制的に思い出させる後宮からは、自《おの》ずと足が遠ざかっていた。

『花でも供えたら良いと思いますわ』

思いのほか、その言葉はスッと胸に落ちてきた――そうだ、弔えば良かったんだ、と。

「不思議な宮女だ……」

関玿は天井を見上げ、細密な格子模様を見つめながら深く長い溜息をこぼした。

「どういう感情の溜息ですか、それは」

「なんだ、永季か」

ぬっ、と視界に入ってきたのは、宰相の安永季だった。

「なんだとは失礼ですね。誰のために私がこうして毎度毎度外朝と往復していると思って――」

小言が長くなりそうな気配を感じて、関玿は問答無用に話を被せる。

「そうだ、永季。俺の顔なら、どんな妃嬪でも喜んで宮の戸を開くんだったよな」

「喧嘩《けんか》したいんですね、いいですよ練兵場へ行きましょう。史芳《しほう》将軍に陛下の膝を折っていただきます」

「威勢良く代理を出すな」

「私は軍でも最弱ですよ。拳一発で死ぬ自信があります。そんな私を打ちのめして楽しいですか」

どこで胸を張っているのか。

「……いや、そうじゃなくて……もし、俺が名を呼んでほしいと女人に言ったら、相手はどんな反応をするんだろうかと」

永季は腰に手を置くと、首を横に振った。

その表情は「やれやれ」と言っている。

「それはもう、発情した猫のように、朝から晩まで名を呼んでうるさいでしょうともとすれば、やはり彼女の反応は特殊だったのだろう。

最後に名を呼んだ時も、投げやりだったし。

拒まれたのは『永季』であり『関玿』ではないのだが、それでも衛兵の名くらい呼べばいいものを、と彼女の頑《かたく》なさに若干苛立ったのもある。

「……俺も負けず嫌いだからなあ」

意味の分からないことを呟く関玿に、安永季は『もしかして女人関係で何かあったのか』と興味がわいたが、下手につついてせっかくの機会を潰さないほうがいいと口をつぐむ。

「では、次は私の話も聞いてもらってよろしいでしょうか」

安永季が手に抱えた書類をバサバサと振る。目で「いいですか」と問われ、関玿は姿勢を正した。

たちまち緩んでいた空気が、布をピンと張ったように引き締まる。

安永季は報告書を手早く捲《めく》り、次々に直近の出来事を伝えていった。

昨日は朱貴妃の父親が彼女を訪ねてきていたこと。その父親が王都に構えている店の羽振りが良いこと。

内侍省長官の円仁《えんにん》が、ひと月前に娶《めと》った妻との婚儀を終えたこと。

吏部《りぶ》が夜中に酒盛りをやって、人事考課書に酒をこぼして修復中とのこと。

北衙《ほくが》禁軍《きんぐん》の訓練で練兵場の西壁が砕け散ったこと等々。

後宮のことから宮廷、王都や地方のことに至るまで、関招は全てに耳を傾ける。

「朱貴妃の父親はよく訪ねてくるな。よほど娘が大切と見える。店が上手《うま》くいっているのなら良いことだ。円仁は婚儀まで時間がかかったな。まあいい、奥方が喜びそうな品を贈ってやれ。吏部は全員ひと月の減俸と一週間の厠《かわや》掃除。そして北衙は全員特別訓練だ。俺が直々に鍛えてやると伝えておけ」

全ての報告事項にざっと感想や指示を出していく。あとは適当な部省へと対処を振り分ければ報告も終わりだ。

「ああ、それと……以前報告しました後宮の失せ物の件ですが」

「それなら心配するな。既に手は打った」

安永季が目を丸くする。

「珍しい……陛下が後宮の件で自ら動くなどと……もしかして、後宮に行きたくなりました？　今夜行きます？　寝宮《しんきゅう》を準備させましょう」

「……気が早いぞ」

「ええ、ええ。陛下の気が変わらないうちに押し切るつもりですから」

身も蓋もない。

「別に……そんなつもりじゃない」

「では、どのようなおつもりで？」

関玿は、楽しそうに口端をつり上げる。

「ちょっと、面白いものを見つけてな」

「へえ、興味を持たれるのは良いことですね。ちなみに、なんですか？」

関玿は、浮かんだ姿ににやつく口元を隠しながら「んー」と喉を鳴らす。

「強情な猫、かな」

安永季は、眉宇を曇らせ首を傾げていた。

【二章・後宮事件】

1

はるか昔の翠月国《すいげつこく》には崔《さい》という王朝があった。

狐憑きという言葉は、崔王朝を滅ぼしたひとりの女にちなんでいる。

女の名を『末喜《ばつき》』といった。

末喜は、時の皇帝崔甲《さいこう》が李允氏《りいんし》を討った時にその美貌から殺さず自分のものにした、李允氏の姫であった。

末喜は艶《なま》めいた美貌だけでなく、不思議な髪と肌をしていた。

月夜に照らされた薄雲のように淡く輝く白髪。

本当に生きているのか、体温すら感じられぬ雪のように白い肌。

不気味なほどに彼女は他者を魅了した。

白い髪と白い肌。それがまた妖《あや》めいた色香を助長し、崔甲だけでなく多くの男は彼女の虜《とりこ》になっていった。

崔甲が末喜と共に過ごす時間が増えるほどに、賢帝と言われた崔甲の偉業は見る間に凋落《ちょうらく》していった。奢侈《しゃし》淫佚《いんいつ》にふけり、国政を疎かにし、末喜を悪く言う者があれば処刑し、周囲には末喜の気に入った者達を侍《はべ》らせた。

結果、国の悪政に耐えかねた地方豪族の商氏《しょうし》によって崔甲は断罪され、崔王朝は幕を閉じた。

まさに、傾国。

最後は崔甲を守る者など誰ひとりとしておらず、斬首後焼かれ、あっけない幕切れだったと史書には記してある。

ただこの時、末喜だけは最後まで誰も見つけられなかったという。

その後、不思議な噂が民の間で真《まこと》しやかに囁《ささや》かれるようになる。

『末喜は妖狐《ようこ》だったのでは』と。

見たこともない白い髪と白い肌。同じ人間とは思えぬほどの無慈悲さ。

それは全て彼女が妖狐の化身だったからとされている。

以降、白を身に持って生まれた女は末喜の生まれ変わりである『狐憑き』と言われ、不幸をもたらす不吉な存在とされた。

◆

「ねえねえ、紅林《こうりん》！　食べ終わったらちょっと見に行ってみない」

昼御飯を食べていれば、やたらと声を弾ませた朱香《しゆきよう》がやって来た。

「見に行くって、どこに？」

「やだもうっ、市《いち》だよ、市！」

「ああ……もう半月経ったのね」

半月に一度、後宮門の前で開かれる市。宝飾品、雑貨品だけでなく、食べ物も含めた様々な露天商が並び、一際賑やかになる。

――市……ねえ。

ゴク、と微妙に芯が残った甘辛い蕪《かぶ》を飲み込み、紅林は「いいわよ」と頷いた。


朱香と市で何を見るかなど話しながら後宮門へと向かっていると、前の方から瀟洒《しようしや》な格好の者達が近づいてくるのに気付いた。

真っ赤な袍《ほう》を纏い、鳶色《とびいろ》の髪を風に靡《なび》かせている――朱貴妃《しゆきひ》である。

紅林が頭を下げて路《みち》を譲ろうとすれば、先に彼女の玲瓏《れいろう》とした声で止められた。

「いいのよ、そのままにしていて。逐一そんなことをしていると、大変でしょう？　わたくしの前では結構よ」

「お気遣い感謝いたします」

「ありがとうございます」

顔を上げれば朱貴妃と視線が交わり、ふっと目を細めて微笑まれる。

これには思わず紅林の表情も和らいだ。

後宮において、彼女の人品骨柄は稀有《けう》である。押しつけがましくない気遣いは、相手の立場を慮《おもんぱか》れるからこその優しさだ。いつも口元にほのかに描かれた緩やかな線は、見る者の心をなだめてくれる。

この殺伐と執拗《しつよう》が渦巻く後宮で、彼女は天から垂らされた蜘蛛《くも》の糸――慈悲の存在なのだろう。

「あの、朱貴妃様は後宮門の方から来られましたが、市に行かれていたのですか？」

朱貴妃がやって来た先にあるのは、内侍省か後宮門くらいのものだ。

「ああ、違うのよ。わたくしは市ではなく父が来ていたから、会いに行っていたのよ」

後宮は出ることは難しくとも、身内などの訪問者との面会は比較的容易だ。

内侍省を通して認められれば、用意された部屋で茶を飲みながら一時の談話も楽しめる。

「会いに来られるなどと、貴妃様の父君《ふくん》はとても貴妃様を愛してらっしゃるんですね」

「そう……かもしれないわね」

彼女にしては珍しい曖昧な返答だった。また、答えた時に彼女の表情に陰りを見た気がしたが、それより紅林は隣の朱香がやたら大人しいことのほうが気がかりだった。

朱香のいつもの陽気さはどこへやら。目を伏せたまま、じっと固まっている。

「あなた達は市へ？」

「はい、見るだけでも楽しそうですから」

「そうね、せっかくだし何か飾り物でも買うといいわ。二人とも、とても愛らしいから何を飾っても似合いそうだもの」

口に袂《たもと》を当て、ふふ、と上品に笑う朱貴妃に言われては、こちらが赤面するというもの。

彼女はいつも、まるでこの白色が見えていないように振る舞ってくれ、紅林も黒髪だった過去――幸せだった母親との日々――に戻ったかのように錯覚してしまう。ここ後宮において、紅林の心を慰めてくれる数少ない者のひとりだ。

「では、わたくしは行くわね」

本当は、もう少し話していたかったのだが、侍女達の「これ以上貴妃様の時間をとらせるな」と聞こえてきそうな視線を受け、大人しく朱貴妃一行を見送った。

背中が見えなくなったのを見計らって、紅林は朱香の様子を窺う。

「どうしたの朱香？　ずっと下を向いたままで。朱貴妃様は宋賢妃《そうけんひ》様と違って怖い方じゃないわよ」

「ちょっと緊張しちゃって。やっぱりほら、貴妃様って四夫人の中でも一番上だし」

「確かにそうだけど、朱貴妃様はとっても良い方だから、そこまで緊張する必要はないと思うわよ。私にも優しい珍しい方だし」

朱香は「それもそうだね」と、いつも通りカラッと笑うと、紅林の手を握った。

「ほら、それよりも早く市に行こうよ！」

すっかりいつもの調子に戻った朱香は、やはりただ緊張していただけなのかもしれない。

しかし、噂をすれば影がさすとはよく言ったもので、紅林は宋賢妃の名を出した先ほどの自分を恨んだ。

改めて朱香と共に市へと向かっていたら、今度は目の前から朝の雀《すずめ》より騒がしい集団がやって来るではないか。

――やってしまったわ……。

女性的な笑い声を交わす青い集団の先頭には、白い胸元を露《あら》わにした、見るからに高貴そうな女人。鎖状の金歩揺を髪の両側に挿し、妃嬪にだけ許された薄青の斉胸襦裙《さいきょうじゅくん》に、金糸で刺繍《ししゅう》された褙子《はいし》を纏った美女――宋賢妃だ。

「あら、やっだぁ……狐憑きじゃないの。せっかく最近は見ないと思ったのに。本当、狐みたいにどこにでも出没するのね」

気付いた宋賢妃が、歩きながらも声高らかに嫌みを言ってくる。

壁で囲われた場所にいるのだから、そりゃ時には出会いもするだろう。

とにもかくにも礼をしなければ、と近づいてくる彼女に頭を下げようとしたところ。

「でも、今日はちょっと気分が良いから許してあげるわ。免礼《めんれい》よ。まぁ、あたしったらやっさしい」

おや、と紅林は、同じく隣で頭を下げかけていた朱香と顔を見合わせ、瞬きを交わした。

「珍しいこともあるわね」

「きっと今夜は槍《やり》が降るんだよ」

などと朱香と小声で会話していれば、目の前に来た宋賢妃は「ふふん」と精子を少し肩から落とし、胸元を突き出してきた。

「どう?」

より露わになった胸元には、赤や青やらの貴石がキラキラとちりばめられた、金の豪《ごう》奢《しゃ》な首飾りが光っているではないか。

紅林と朱香はすぐに、なるほどと察した。

市で新たに買ったお気に入りを、見せびらかしたかったようだ。褒《ほ》め称《たた》えよと言わんばかりに肩をくねくねと揺らし、首飾りを全面的に主張してくる。先ほど朱貴妃に出会ったばかりだから、余計に彼女との違いが身に染みる。

それでも珍しく機嫌が良い彼女を、余計なことを言って怒らせたくはない。ここは無難に宋賢妃にのっておいたほうが被害は少ない。

「お美しい宋賢妃様によくお似合いの絢爛品《けんらんひん》かと存じます」

「首飾りも素晴らしいですが、それにも負けぬ宋賢妃様の美貌にも恐れ入ります」

「よねぇ。知ってたわ！」

賛美の言葉にさらに気を良くした宋賢妃は、高らかな笑声を上げながら、意気揚々と侍女達を引き連れて紅林の前を通り過ぎていく。よっぽど嬉しいのか、彼女の頭の上で歩揺の飾りがシャンシャンとずっと音を立てていた。

「ちょっとちょっと、紅林」

すると、青い集団の最後尾にいた侍女がこそっと声を掛けてきた。

「徐瓔《じょえい》さん……その顔ですと、いい値で売れたようですね」

「ふふ、そうなの。お礼を言いたくてね。ありがとう」

宋賢妃まではいかなくとも、彼女も充分に喜色が顔に滲んでいる。

良かったですね、と笑みを向けていれば、隣から袖を控えめに引っ張られた。

「紅林、えっと……」

朱香は、徐瓔と紅林との間で視線を彷徨《さまよ》わせ、目で「どういうこと」と聞いてくる。

戸惑うのも当然だろう。ただでさえ宮女と侍女で位階の差があるのに、青藍宮《せいらんきゅう》の侍女といえば、宋賢妃と一緒になって紅林に嫌みを向けていたのだし。

「ちょっと色々あって知り合ったの。こちら徐瓔さん。宋賢妃様の意地悪からは助けてくれないけれど、他のことなら助けてくれるらしい方よ」

「何それ……」

朱香の目が半分になった。

自分でも、改めて口に出して説明するとわけが分からないなと思ったから仕方ない。

「まあまあまあ。不幸を呼ばれるどころか、紅林にはちょっと世話になってね。つまり、私は密かな紅林の味方ってことよ」

胸をドンと叩いて誇らしそうに顎を上げた徐瓔に、今度は何故か朱香が張り合うように胸を反らす。

「やっと紅林の良さが分かりましたか！　髪色が白なだけで、紅林は狐憑きなんかじゃないんですって！　とっても優しい子なんですからね！　今更ですよ」

朱香の勢いに気圧《けお》され、徐瓔は上体を反らし、ばつが悪そうに視線を宙へと飛ばした。

「し、仕方ないじゃない……長いものには巻かれないと、侍女も大変なのよ」

「それはとても分かります！」

「あら、ありがとう。あなたも良い子ね」

言外に紅林も良い子だと褒められ、少し頬が痒くなる。

「徐瓔さん、宋賢妃様が行っちゃいますけど、追いかけなくても良いんですか？」

徐瓔は首を伸ばして先行く青い集団を見やると、大丈夫だと手を上下にひらつかせた。

「侍女って言っても、四六時中一緒について回るわけじゃないし、ある程度の自由はあるのよ。特に今日は市だから、私達侍女も一時《いっとき》の暇はもらってるのよね」

では、ぞろぞろと一緒に帰っていった他の侍女達は、好んで彼女について回っているわけか。精神がとても強そうだ。

「それはそうと、後宮門に向かってたってことは、あんた達も市に行くところなの？」

「そうなんです。朱香と一緒に見て回ろうかなって」

「徐瓔さん、美味《おい》しそうなものありました⁉」

「あったあった。竜眼《ロンガン》の麻辣《マーラー》煮なんてのもあったわよ」

「わー冒険してるー」

妙な感じで打ち解けている二人に、紅林がほっと安堵していたら、突然、徐瓔が「あっ」と声を出す。

「そうそう紅林、一つ気になってたんだけど……以前、商人を信用しすぎると痛い目を見るって言ってたじゃない。あれはどういう意味だったの？　薬草を買い取ってくれた商人のおじさん、とってもいい人だったんだけど」

眉根を寄せて、徐瓔は首を傾げていた。

確かにそのようなことを言った覚えがある。

「あれは売ることが問題というより、そのあとがですね……うーん」

確かに良い商人もいるし、かといってずっと良い商人とも限らないし、こればかりは言葉だけで説明するのは少々難しい。

「んー、もしかすると現場を見られるかもしれないですし、一緒に市に行ってみます？」

「ああ、俺も行こう」

「きゃっ！」

「ひいっ！」

「うわっ美形!!」

不意に会話に差し込まれた第三者の声に、三人は小さな悲鳴を上げた。

ひとりだけ悲鳴の種類が違ったような気もするが。

「わぁ、こんな美丈夫の衛兵様が後宮にいたのね。他の子達が知ったら、ちょっとした乱闘騒ぎになるわよ」

徐瓔か。

三人は後宮門へと続く柱廊《ちゅうろう》の中で話していたのだが、声のした方へ顔を向けると、一本の柱の陰から男が姿を覗かせていた。

見覚えのある長い黒髪に赤い瞳。

彼は衛兵なのだし、後宮中のどこにいてもおかしくはないのだが、いつも北庭でしか見かけなかったため、別のところで会うと見慣れない。

「いったい何をなさっているのです。衛へ――」

「エイ？」

呼ぼうとした言葉に、無理矢理言葉を重ねられてしまった。

じわりと腰に手を置き、身長差を利用して見下ろしてくる姿からは、『呼ぶよな』という圧がひしひしと伝わってくる。

「……永季《えいき》様、お仕事は」

「見回りが仕事だからな。それより何が見られるんだ？」

「それは、えっと……」

紅林はチラと徐瓔に視線を向け言《い》い淀《よど》んだ。

徐瓔の犯した罪を暗に示すことになるかもしれない。

――でも、彼は徐瓔さんとのやりとりを全部聞いていたようだし、彼もそれで捕まえる素振りなんかなかったし……。

紅林は、向けた視線に小首を傾げる衛兵らしくない永季を見て、まあ大丈夫かと判断した。

「永季様、もしかすると失せ物の犯人が分かるかもしれませんよ」

紅林の言葉に、永季はさらに深く首を傾げた。

2

半月に一度、後宮門のすぐ内側で二日間だけ開かれる市。

服飾品はもちろんのこと、雑貨や街で流行の書物、食べ物など、ありとあらゆるものが揃う。後宮門前の大広場は所狭しと商人達が軒を連ね、そこに後宮中の女達が集うものだから一等華やかになる日だ。

市で買い物ができる二日間は、後宮から出られない女達にとって数少ない楽しみごとであり、また、外部の男達とふれあえる、ちょっとした刺激的な場所でもあった。

しかし、まさかここまで刺激的なことが起きようとは思ってもみなかった。

紅林は『失せ物の犯人が分かるかも』と言ったが、それは失せ物が始まってからの期間を考慮し、『そろそろだな』くらいの考えだったし、まさかここまで大きな騒ぎになるとは予想もしていなかったのだから。

しかも、その真《ま》っ只中《ただなか》に遭遇できるとは。

「――どういうことか申せ！　何故わらわの玉環《ぎょっかん》が其方《そち》の店で売られているのだ‼」

一帯に響き渡る、李徳妃《りとくひ》の怒号。

四夫人のひとりであり、貴妃、淑妃《しゅくひ》に次いで四夫人の第三席である李徳妃。

烏《からす》の羽のように艶のある黒髪と黒い瞳。そして斉胸襦裙も上からかけた披帛《ひはく》も黒ずくめ。色と言えば、彼女の怒号が飛び出る唇の赤と、全身を飾る翡翠色《ひすいいろ》の飾り物くらい。

色彩豊かな後宮において、彼女の出で立ちは重量感のある威容を醸し出していた。

李徳妃には宋賢妃と違った怖さがある。

口で威圧してくる宋賢妃と違い、彼女は佇《たたず》み視線を向けるだけで他者を圧する雰囲気を持っている。

また、彼女特有の少年のような中性的な声は、声をより遠くへ運ぶのに適していた。

おかげで、後宮門付近には後宮内からだけでなく、宮廷側からもなんだなんだと野次馬が集まりはじめている。

「そ、それは……あの……御妃様のではありませんで……に、似ているだけですから」

李徳妃に凄《すご》まれている店の主人は、猿のように背を丸め、ぎょろりとした目で李徳妃をチラチラと見上げていた。

李徳妃の手には今、緑一色の太い玉環が握られている。

「ほう……其方はわらわの目が節穴と愚弄するか」

「い、いえ、滅相も……!」

「李一族の姫であるわらわが、李翠玉《りすいぎょく》を間違えると思うてか!!」

「ヒィッ!」

彼女の生まれの高さを感じさせる言葉遣いもまた、並の者を萎縮させるには充分であった。

「盗人猛々《ぬすっとたけだけ》しいとはこのことよ。よくも黒呂宮《こくろきゅう》から盗み出した物を後宮で売れたものだな」

「ち、違う!」

すると、悲鳴と一緒に尻餅をついた店主は、バッと腕を上げ李徳妃を指さした。

「オレじゃねえ! あ、あいつだよ!!」

否、李徳妃の背に隠れるようにして立っていたひとりの侍女を。

「あいつが前の前ん時に売りに来たんだ! 買い取ってくれって! ほ、本当だよ、御妃様のだって知ってりゃ、買い取らなかった。信じてくれよう!」

集まっていた者達の視線が、一斉にひとりの侍女へと注がれた。

灰色の深衣を纏っていることから、彼女は李徳妃の侍女なのだろう。彼女は顔を俯け、肩をすぼめて小さくなっていた。

少し離れた紅林達のところからでも、彼女が顔色を失っているのがはっきりと見て取れる。紅を塗っているはずの唇まで白くなっている。おそらく何度も唇を噛んだのだろう。

「易葉《えきよう》、この商人の言うことは真か？」

振り返った李徳妃の静かな問いは、騒然としていた辺りを、水を打ったように静まりかえらせた。

「ゎ、私じゃ、な……なくて……」

蚊の鳴くような侍女の声は震え、ただでさえ聞き取りづらいのに、どんどんと尻すぼみになっていく。

「お主でない？　だが、この商人はお主だとはっきり言っているが」

「……な、ない……、か……が……」

「ない……かん……？　聞き取れぬわ、はっきり述べ――」

「おいおい、これはいったいなんの騒ぎだ」

突然の尊大な声が、あっという間に皆の注目を侍女からさらった。

「……内侍長官殿か」

李徳妃は内侍省の方角からやって来た五、六人の集団を見て、隠す気のない舌打ちをした。腕を組み、「よくも邪魔をしたな」とばかりに先頭に立つ内侍長官の円仁《えんにん》を睨《にら》み付《つ》けている。

「李徳妃様、何もこんな日に騒ぎを起こすこともないでしょう。せっかく皆が楽しみにしていた市なのですから」

「元は、お主ら内侍省がしっかりこの件を調査していれば、このような騒ぎにはならなかったのだがな……なあ、腑抜《ふぬ》け共の大将殿」

円仁は額を押さえて、はあ、とこれ見よがしな溜息を吐くと、背後に向かって顎をしゃくった。

「とりあえず、お前達はそこの侍女と店主を連れて行け。話を聞く」

背後からぬるりと出てきた内侍官達が、固まっている侍女と商人を素早く拘束していく。

「円仁殿！」

すると、その中のひとり、顔の左半分だけを黒い面体で覆った、中老の内侍官が声を上げた。その風体だけでなく、喉が焼けたようなしわがれた声音も相まって、彼だけ異様さが際立っている。

「どうした、順安《じゅんあん》」

「侍女の帯の間からこのような物が……」

順安と呼ばれた内侍官が高らかに掲げた手には、抜けるような緑色の歩揺が握られていた。

「それは、わらわの歩揺！」

たちまち李徳妃が声を上げる。

「お主……っ、玉環だけでは飽き足らず歩揺までも……っ」

李徳妃の鋭い睥睨に、侍女はこの状況を理解したくないのか、「違う」と拒むように首を左右に振っていた。

「これは……話を聞くまでもなさそうだ。とにもかくにも、この件は内侍省で片付けますから……いいですね、李徳妃様」

順安から受け取った歩揺を、円仁が李徳妃の手に乗せてやれば、彼女は鼻で一笑し踵を返した。

勝手にしろということなのだろう。

李徳妃の後を、灰色の侍女達が足早に追いかけていったことで、この件は一旦の終わりを見せたのだが、この状況を完璧に把握していた者など誰もいなかっただろう。

ひとりを除いては。

紅林達は壁の陰から顔を覗かせ、今し方、後宮門前で繰り広げられていた騒動に目を瞬かせていた。

「ねえねえねえっ、今のなんだったの⁉　黒呂宮の侍女が連れて行かれたんだけど⁉」

あわあわと慄《おのの》いた徐瓔が、朱香の肩を遠慮なく叩く。

「あいたたた！　痛いですって、徐瓔さん。落ち着いてください」

「ご、ごめんなさい。予想外すぎる衝撃的な光景でつい……」

紅林にも徐瓔の気持ちはよく分かった。

「李徳妃様って、あんな大声を出す方だったんですね」

あまり宮から出てこない李徳妃については、知らないことのほうが多い。

宮女になってから数回見かけた程度で、物静かな威厳を纏った人だなという印象があった。宋賢妃が言葉で他者を従わせる質ならば、李徳妃は黙ることで周囲を動かす質だろうと勝手ながら思っていたのだが。

「李徳妃様を怒らせたら駄目ってことがよく分かりました」

紅林の言葉に朱香と徐瓔は、水飲み鳥のように何度も力強く頷いていた。

「紅林、お前がもしかしたら見られると言ったものは、これのことか？」

「ええ、そうですね」

肩を叩かれ、振り向けば永季が顔を覗き込んでくる。

拍子に、彼の長い黒髪が紅林の肩に垂れる。まるで自分の髪が黒くなったようで、紅玉時代の記憶が脳裏をかすめた。

——あの時代も、ああやって何人の女達が連れて行かれたか。

王朝が変わろうと、後宮の中身が丸っと入れ替わろうと、人とは変わらないものだなと紅林は小さく口端をつり上げた。

いつでも人は愚かだ。

「ねえ、紅林。李徳妃様と店主の会話を聞いても状況が摑めなかったんだけど、つまりあれって何が起こって、結局誰が悪かったの？」

朱香は片眉をへこませて、尖らせた唇で分からないよと呟いた。

確かに、あの場面だけでは何がなんだかだろう。

おそらく、周囲で息を殺して成り行きを見守っていた者達の大半も、よく分からず眺めていたに違いない。

「後宮で失せ物が頻発してるって話だったじゃない。犯人が何人いるかとか、誰の物が盗まれたかは分からないけど。少なくとも李徳妃様の玉環は、あの侍女が盗んだみたいね」

「商人がそう叫んでたもんね。にしたって、自分の仕える妃の物を盗むなんて、恥知らずも良いとこだよ」

横から、「ぐっ！」という徐瓔の呻きが聞こえた。

「それで、なんで商人が怒られてたの？　盗んだのはあの侍女でしょ」

盗んだものを後宮内で着けることは、当然できない。もちろん手元に置いておくなども論外。

ならば、どうするかというと。

「その侍女が商人に玉環を売ったのよ。売って得たお金で、別の品を買う。懐の痛まない錬金術ね」

「え、商人に売るの⁉ 商人からは買うものだし、売るなら古物屋でしょう？」

「裏取引ってところかしら」

朱香が驚きに目を丸くした。

彼女の驚きも分かる。商人というのは民にとっては物を買う相手であり、売る相手ではない。

物を売る場合は、専門の『古物屋』という場所がある。もちろん今回の市で古物屋も出ているのだが、売る際には必ず物と売った者の名を帳簿に控えられる。

「古物屋で売らないのは、盗品だから名を控えられたら面倒なのよね。すぐに足が付いちゃう。だから、商人との間で裏取引が時折行われるんだけど、今回は商人が裏取引で買った品を後宮で売りに出したから、李徳妃様に見つかってしまったようね。商人達の中には、侍女が盗んだものだって分かった上で、利益が出るから買い取ってる者がいるのよ。盗品を扱うだなんて商人にとっても危険だから、普通はばれないように侍女から買い取ったものは城外で売るんだけど……」

　後宮からの品というだけで、街では高く売れる。

　町娘達はやはり才色兼備の代名詞でもある妃嬪達に憧れるものだし、彼女達の装いを真似《まね》て流行させることもある。

　後宮という単語がつくだけで、同じ品でも価値が全く変わってくるのだ。

「おそらく、あの玉環だけ後宮で売られたのは、李翠玉って言っていたし、高すぎて街では売れないとみた商人が、目先の利益に眩《くら》んでここで売ろうとしたんでしょう。その結果、偶然李徳妃様に見つかって、こんな騒ぎになってしまったのね」

　李翠玉の正式名を琅玕《ろうかん》という。

　純度の高い最高品質の翡翠のことをそう呼ぶのだが、それが一番多く採掘されるのが、李一族が持つ鉱山ということで、別名、李翠玉とも呼ばれている。

　しかし、多く出るといってもやはり知れた量であり、李翠玉の希少価値は高い。

　あの玉環の太さを考えると、とても地方貴族や王都の豪商程度では手が出せないだろう。私財をなげうって……という自己犠牲を強いられる代物だ。

　その分、後宮ならば買い手が付きやすい。大貴族の娘や妃嬪もいるのだから。

「侍女も自分が売った物が、まさか後宮で売られるなんて思わなかったでしょうね——って、あら？」

一通り話し終えたところで、紅林は朱香達の反応が全くないことに気付いた。

「ど、どうしたの？」

目を向ければ、朱香や徐瓔だけでなく、永季までもが目を点にして紅林を凝視している。

「すごいよ、紅林。でも……なんでそんなこと知ってるの」

「てっきり草花に詳しいだけかと思ってたけど……あんた、もしかして元は貴族の出だったりする？」

「え……」

しばらく、紅林は何を言われているか分からなかった。

「私、李翠玉っての、初めて聞いたもん」

朱香の言葉で、紅林はハッと自分の過ちに気付く。

宮女になる程度の平民が、一部にしか出回らない李翠玉など知っているはずがないのだ。後宮ならではの錬金術に思い至るわけがない。

「――っああ……これね。ほら私、花楼で下女をしていたでしょ。だから妓女の姉さん方から色々聞いていて。良い花楼だったし姉さん方への贈り物に翡翠もよくあって、李翠玉だわって喜んでるのも見てたから」

紅林は、慌てて飛び出そうになる言葉をぐっと堪え、意識して平調に話す。

「貴族の出なんて、そんな。各地を転々としてきて、無駄に色んな場所で働いてきたから、知識だけは多いのよ。今回のことが予想できたのも、以前花楼で似たようなことがあったからなの」

だから偶然なのよ、とばかりに紅林は微笑んでみせた。

嘘《うそ》は言っていない。

各地を流浪してきたし、花楼で下女として働いていた。妓女に届けられる貴石を見ることもあり、その中に翡翠があったのも事実。

ただ、全てを言っていないだけ。

もし、流浪する前は、などと突っ込まれると面倒だと思ったが……。

「ああ、そういえばそうだったね。花楼の下女だったたって言ってたもんね、紅林」

朱香がポンと手を打った。

「上級花楼って名のあるお役人様も上がるって聞くし、確かに李翠玉が飛び交っていても不思議じゃないわね」

さすがに飛び交いはしないが。

どうやら、朱香の様子を見て、徐瓔も「なるほどね」と納得してくれたようだ。

「じゃあ……もし、あのまま私も歩揺を売ってたら、私があの侍女みたいになってたかもしれないのよね」

「そうですよ。商人は利へ食いつくのは早いけど、その分、自分の不利になるような場合は簡単に裏切ります。きっとあの易葉という侍女も、売る時は店主と箝口《かんこう》を約束したはずなのに……ああして、あっけなく名を出されちゃうんですから」

「商人を信用しすぎるなって、こういうことだったのね」

徐瓔は己の身体を抱きしめ、唇を嚙んだ。

――そういえば、彼女はどうやって、この後宮ならではの錬金術を知ったのかしら。口伝にしても、できたばかりの後宮に口伝元はいないはずなのに。

紅林は徐瓔の耳元に口を寄せ、声音を落とす。

「……徐瓔さんは、誰から商人が買い取りをしてくれるって話を聞いたんですか？」

「同じ侍女仲間だけど」

「他の方達にも広がっていたんですか？」

徐瓔は首を横に振る。

「一応、声を掛ける人を選んでいたみたいよ。私みたいにお金が欲しい人に絞って。お金を得る方法が知りたければ、教える方法で手に入れたお金の幾分かを渡すのが条件で。多分、窃盗を黙っていてやる口止め料ってことじゃないかしら。聞いた時は、家でも買うことばかりだったから、商人に売るだなんて驚きだったけど」

「なのに、どうしてお金が？」

侍女ということは、それなりの家の出のはずだ。

徐瓔は苦笑した。

「弟がね、ちょうど私が後宮入りするのと入れ替わりに病気になっちゃって……珍しいものらしく薬が高くてね、その治療費よ」

どうやら、『盗みなんてしたくなかった』と言った彼女の言葉は本物だったようだ。

自分のために他人のものを盗むような者を助けたとあっては、後悔も残るというもの。

「ありがとう、紅林。助かったわ」

「別に、私は私のためにやっただけですから。お気になさらず」

「あら、素直じゃないのね」

「素直もなにも、私はそこまで良い人じゃありませんし」

面倒事は勘弁だという思いは、今も変わっていない。

徐瓔のことだとて、彼女を想ってやったことではないのだ。結果的に彼女を救うことになったのだとしても。

ただまあ、自分の行いが誰かを助けることになるというのも、悪くはないなと思った。

3

話も終われば、今まで我慢していた朱香が限界を迎え、あっという間に市へと飛び出していき、徐瓔も追いかけていってしまった。やはり、あの二人は気が合っているのかもしれない。

気がつくと、後宮門一帯の空気はすっかりと活況を取り戻していた。

商人達の客引きの声が場を賑わし、集まっていた衛兵達の中には、宮女や女官と会話を弾ませている者もいる。

あちらこちらで楽しげな声が飛び交っていた。

その光景に、紅林は寂しさを覚えた。

おそらく、連れて行かれた侍女は獄に入れられ、罰を与えられたあとは冷宮《れいきゆう》で一生を終えるだろう。先ほどまで皆が彼女に注目を向けていたというのに、今や誰も気にする者はいない。

あれはもう終わったことなのだ。

誰も、いなくなった者のことを気にはしない。

――ここは……とても美しくて残酷な世界……。

今も、昔も。

そんなことを思って、市をなんとはなしに眺めていると、不意に「紅林」と呼ばれた。

「っうひゃ！」

「うひゃ？　まあいいが、追いかけなくていいのか」

永季が目で、あっという間に小さくなってしまった二人を示していた。

――そ、そうだった。彼も一緒だったわ。

というか、まだ一緒にいたのか。あまりに静かだったから、てっきり持ち場に戻ったのかと思っていた。

「そうですね、追いかけないと迷子になってしまうかもしれませんね」

「はは、後宮で迷子か。探し出すのに骨が折れそうだな。だったら、どれ……追いかけながら、俺達も店を見て回るか」

「どうして永季様と……」

「硬いことは言いっこなしだぞ。せっかくの市ならば、少しは楽しまねばな」

有無を言わさず、永季は「ほら」と進んだ先で紅林を振り返る。早く来いと目が言っており、紅林は、薄い嘆息を吐きながらも朱香達のこともあり、大人しく永季の隣へと並んだ。

やはり宝飾品を取り扱う店が一番多く、あちらこちらで青や赤、緑や黄色といった宝飾品が所狭しと並び輝いていた。

「ほら、紅林。あそこに綺麗な貴石が並んでいるぞ。碁石か？」

「永季様、少し落ち着いてください。あれは帯留めですよ」

永季は右の店を覗いては驚いて、左の店を訪ねては声を弾ませている。何が『追いかけながら店を見て回る』だか。彼は全力で市を楽しんでいた。

永季の姿に苦笑を漏らした時、紅林の足がとある店の前でふと止まる。

並べてあるのは、貴石がはまった色とりどりの歩揺。

「何か気になるものがあったか？」

足を止めた紅林の後ろから永季が顔を出した。

「……いえ、別に」

しかし、紅林はさっと歩揺から視線を逸《そ》らす。紅林が見ていたのは紅玉の歩揺。それはかつての自分を表す名。特に欲しいと思ったわけではないが、なんとなく気になった。

すると、永季の手が紅林の頰横の髪を一房《ひとふさ》掬《すく》い取《と》っていく。

指に絡む白髪をまじまじと見つめる永季に、紅林は気恥ずかしさを感じた。

珍しく髪色について触れてこない者だなと思っていたが、やはり彼も狐憑きは知っていたし、後宮で狐憑きと呼ばれている者——自分が、周囲からどのように思われているのかも察しているのだろう。

紅林が顔を俯けると一緒に、永季の手からするりと白い髪が逃げる。

「飾り立てる意味がありませんから」

わざわざ目立ちにいく必要がない。むしろ目立ちたくはないのだから。

「綺麗に飾るのは、誰かに綺麗だって思われたいからでしょう。妃嬪様達があれだけ着飾るのも、陛下に愛されたいからで……。そんなことを思ってくれる人がいない私は、飾ったところで虚しいだけですもの」

「紅林は、皇帝の寵《ちょう》を欲しいとは思わないのか。後宮にいるということは、そういうことだろう？」

「でしたら、それこそ歩揺の一本でも挿してますよ。確かに、後宮にいる者達の大半が少なからずそういう思いを持っているでしょう。ですが、私は進んで後宮に入ったわけではありませんから」

胸元に落ちた白い髪を、紅林は永季のように指に絡めてみる。

全て、この白い髪のせいだ。

後宮に入れられたのだとて、狐憑きが目障りだからと妓女に追い出されたからであって。

「もし……違う色だったら……もう少し何か変わってたんでしょうか……」

「それは分からんが……俺は、紅林の髪は綺麗な色だと思うよ」

「……え」

永季の言葉に紅林は弾かれたように顔を上げた。

永季の髪色と同じ真っ黒な紅林の瞳が、揺らめきながら彼の赤色を瞳に収める。

「真珠のようだと思う」

再び伸びてきた手が紅林の髪を梳いた。

永季は梳いた髪をまじまじと見つめては、指に絡んだ髪を撫でている。

「こんなに美しい色をしているのに、歩揺の一本も挿さないのはもったいないな」

言うや否や、永季は並べてある歩揺を手に取っては、紅林の髪に挿していく。琥珀《こはく》の歩揺に始まり、菫青石《きんせいせき》に橄欖石《かんらんせき》。そして、紅玉の歩揺を挿した時、彼は「これが一番似合うな」と紅林を見て、満足そうに頷いた。

「い……いえいえ……き、宮女にお世辞を言っても、何も差し出せるものはありませんよ」

後ろ髪に挿された紅玉の歩揺を抜き、店へと戻しながら言った紅林に、永季はむっと眉間を狭くする。

「さすがに宮女にたかるほど落ちぶれちゃいない。素直な感想を述べたまでだ」

返ってきた予想外に真面目な声音に、紅林は視線を右へ左へそして足元へと落とした。

「……すみません」

紅林は消え入りそうな声で詫《わ》びた。

生まれて初めて自分の髪に掛けられた言葉は、あまりにも馴染《なじ》みないもので、正直、冗談にしか聞こえなかったのだ。散々、恐ろしいだの不気味だのと、正反対の言葉ばかり掛けられてきたのだから。

「気持ち悪くは……ないですか」

確かめるように問いかける紅林。

「ないな。むしろ、何色の貴石でも映えそうで良いな」

間髪容れず返ってきた言葉はやはり、初めて聞くもので。

「……っそのように……言ってくださいますか……」

自分ですらも美しいか汚いか分からない髪色。

母はこの髪色を見るたび、ごめんなさいと言った。自分に良くしてくれる人でも――朱香でも、徐瓔でも、世話をしてくれていた鈴礼《りんれい》でも、髪色を褒める言葉だけは絶対に口にしなかった。

「ありがとうございます……っ、永季様」

目が熱すぎて痛かった。

「それにしても、今回もお前には驚かされたな。初めから犯人が分かっていたのか？」

「まさか。行われていることが分かっただけで、誰がとまでは分かりませんでしたよ」

「それだけでも凄いのだがな。……徐璎、とか言ったか。あの侍女も言っていたが、どうも紅林には変わった知識があるようだな」

「ですから、それは様々な所を流浪してきたからで……私はただの宮女ですよ」

なんだか話が怪しい方向へ流れていっていると感じたのも束の間。

「そういえば、紅林の生まれはどこだ」

嘘のような早さで、自分の血の気が引くのが分かった。

「流民……でしたから」

ちょうど俯いていて良かった。

このような表情——顔を蒼くして、唇を震わせたものなど見せられない。

「流民でも生まれた場所はあるだろう。両親はどこに？」

「……両親は……五年前の争乱で亡くなりまして……」

永季が「争乱」と、声を詰まらせたような気がしたが、今の紅林は他人を正確に把握できる状態になかった。

「それ以前は？」

伏せた顔の下で、紅林は静かに深呼吸を繰り返す。次第に遠のいた体温は戻り、引きっていた口元も柔らかくなる。

心の中で『一・二・三』と数を数え、そしてパッと顔を上げた。

「朱香達が心配するので、私、もう行きますね」

「……！」

紅林の顔を見て、永季は目を瞠《みは》った。

向けられた紅林の顔はいつもと変わらなかった。詫びた時の弱々しさも、礼を述べた時の湿っぽさも微塵もない。

それどころか、紅林は穏やかに微笑んですらいた。

「失せ物の事件も犯人が捕まりましたし、これでお仕事は終わりですね。無事解決して良かったです」

「紅林、急にどうしたんだ」

「衛兵様、そういうことですから。今後も見回りのお仕事頑張ってくださいね」

「待て！　何故そんなことを――」

永季の言葉など聞こえないとでもいうように、紅林は「それでは」と会釈すると、あっという間に賑やかな市の雑踏へと紛れていく。

「紅――っ!?」

永季は、遠ざかっていく背に向かって手を伸ばし、呼び止めようとした――が、次の瞬間、後宮門一帯の空気に気付いて、喉を詰まらせた。

聞こえていた賑やかだった商人達の声の中に、ヒソヒソとした陰湿なものが混じっていた。商人だけでなく集まっていた衛兵達にも、揶揄《やゆ》する声を上げる者や、眉をしかめて声を潜める者までいる。

そして、永季は理解した。

彼らの視線や言葉は、たったひとりにだけ向けられたものだと。

たったひとり、白い髪を持つ紅林へのものだと。

「市に出て来るだなんて信じられない。自分の立場を分かってんのかしら」

「なあ……さっきの騒ぎって狐憑きがいたからじゃ……」

「不吉を運ぶって本当だったんだ。内侍省が出てきて、ことが大きくなったのもやっぱり……あの商人と侍女も可哀想《かわいそう》に」

飛び交う「狐憑き」だの「不吉」だのという遠慮ない言葉。

しかし、紅林は平然として悪意の中を進んでいく。

永季は、伸ばした手をしばらく下ろせないでいた。

◆

「永季、狐憑きの昔話を知っているか」

長牀に怠惰に横たわった関玿《かんしょう》は、処理を終えた書類の片付けをしている安永季に投げやりに問いかけた。

「ええ、この国の者なら当然ですよ。というか、昔話ではなく史書にも記載されている、れっきとした正史ですけどね」

結いを解いた長い黒髪を肘掛けに散らし、関玿は物憂げな溜息を吐く。

「お前は……本当に髪が白いだけで、不幸を呼び寄せる力が宿るとでも思っているのか？」

赤い瞳が目の縁を滑り、ジロリと安永季を睨み付ける。

おや、と安永季は片付けの手を止めた。

てっきりただの雑談かと思いきや、どうやら関玿にとっては何か意味がある様子。

「ふむ……狐憑きですか……」

安永季は細面の顎を手で撫で、真面目な雰囲気を醸し出す。

「これは、私個人の考えですが……狐憑きと呼ばれる者は、不幸を呼び寄せるというより人の心を惑わせる力……まあ、魅了する力があるということだと思うんですよね。初代である末喜《ばっき》は、それこそ皇帝の寵愛を恣にしたわけですし。不吉だと言われ出したのは、彼女以降ですから。きっと、不吉という印象は、美しい者には気を付けよという戒めで後付けされたものかと」

「魅了する力か……」

「希少価値——類を見ないというのは、それだけでとてつもない価値になるんですよ」

関玿の脳裏には、先日の市での光景が焼き付いている。

紅林が市に出て行っただけで、空気が一変した。

女人も商人も衛兵も——誰もが皆、紅林を見ていた。

それは、言い換えれば、誰もが紅林に目を奪われていたということ。確かに、狐憑きだのなんだのと揶揄する声の中に、時折、下品で卑猥《ひわい》な声も混じっていた。

「…………チッ」

込み上がってきた不快感に思わず舌を打ってしまう。

「一度くらい白い髪というものを見てみたいですね。老いた色とはまた違うんでしょうか。と、まあ、実際問題難しいでしょうがね」

「何故だ」

「末喜以降も、史書には時折、狐憑きが現れたという話が記載されているのですが、どの狐憑きも若い時分で記述が唐突に終わっているんですよ」

関玿には安永季の言わんとしていることが分かった。

彼の表情は気の毒そうな暗いものになっていたから。

おそらく、赤子で捨てられた者もいれば、無事に育ったとしても常に邪険に扱われ、満足に生きてはいけなかったのだろう。

そう思うと、紅林は稀有な存在だろう。

――いったい、どうやってここまで……。

「永季……女人は、己の過去のことを聞かれるのは好きではないのか」

明らかに、紅林は過去を尋ねられるのを嫌がっていた。

「人によると思いますよ。ほら、宋賢妃などはきっと生誕の時からいかに大切に愛されて育ったか事細やかに自ら語ってくれそうですし」

「宋賢妃の実家は、確か茨乎州《しかしゅう》の大貴族だったな」

後宮へと通っていたここ半月で聞いた宋賢妃の噂は、確かにどれも出自を後ろ盾とした行動による被害のものばかりだった。

「なるほど。自慢なことであれば喜んで勝手に話すか」

「語れない、語りたくない者は、私や陛下のような者ですよ。『脛《すね》に疵《きず》もてば笹原《ささはら》走る』ってやつで、自分の面白くない歴史など、わざわざ話そうとは思いませんからね」

「面白くない……なあ……」

宮女らしくない知識をもち、冷ややかな視線にさらされても堂々と歩める流民らしくない度胸もある。しかも、おそらくは文字の読み書きもできる。以前、葬供律書《そうくりっしょ》という小難しい書物にも言及していたし、かなりの程度と思っていい。

――いったい、彼女は何者なんだろうか。

ただの宮女というには、あまりに並の枠を超えている。

「……何故、話してくれないんだ」

呟くと一緒に、目の前に掲げていた関玿の右手が拳を握った。

拍子に、シャランと繊細な音が奏でられる。

「それはそうと、陛下は先ほどから何をなさっているのです？　ずっと歩揺など眺めて」

「ん？　あ、あぁ……」

関玿の右手には金色の歩揺が握られていた。

柄を持って、手遊《てあそ》びのようにしてクルクルと回している。

「女物ですね――って、ハッ！　どなたかへの贈り物ですか⁉　すぐに寝宮の用意を！　内侍省に連絡を！」

「だから気が早すぎると……」

この世の一大事くらいの勢いであたふたしはじめる旧友に、関玿は瞼を重くした。

「これは、贈り物なんかじゃない」

そう。ただ、市で似合う色を見つけたからで。

ただ、何も挿していないあの髪がもったいないと思っただけで。

「え、ご自身で挿されるのですか？　そんなシャラシャラうるさそうな、花型の愛らしい歩揺を？」

「馬鹿、挿すか」

「でしたら、どうされるおつもりで？」

「ど、どう……って……」

確かに。これをどうするつもりだったのだろうか。

失せ物の件も解決し、もう彼女と会わなければならない理由はない。

手の中でクルクルと回る金歩揺の先端には大小様々な紅玉がはまっている。回すたびに窓からの光を受け、石の内側で細やかな光が爆《は》ぜた。

「まったく……陛下も隅に置けませんね。自分の瞳と同じ色の歩揺を渡すつもりだなんて」

「は……？」

くふふ、と気持ち悪い笑みを漏らしている安永季よりも、関玿は今し方彼が言った台詞《せりふ》に引っかかりを覚えた。

歩揺にはめ込まれた貴石は赤色——確かに、その真っ赤な色は自分の瞳と同じではあるが……。

「いや……そんなつもりは……」

そんなことを気にして選んだわけではない。元より贈るために買ったわけではないのだ。しかし、買う時に想像した光景は、自分が彼女の髪に歩揺を挿している場面であり、彼女の髪を飾りたいと思った色が……。

――待て、これでは本当に俺が……っ。

関玿は横たえていた身体を、衝動的にガバッと起き上がらせた。

めざとく関玿の変化に気付いた安永季は、口元を隠した袂の下で我慢ならないとばかりにニヤけている。

「独占欲の塊ですねえ。重い男は嫌われますが、皇帝陛下のご寵愛なら泰山《たいざん》の岩より重くとも女人は皆喜んで背負うでしょうねぇ」

「――っ永季!!」

「あはは、そんな顔で凄まれても怖くありませんよ」

悔しいことに自覚がある。

きっと今、自分は相当笑える顔をしているに違いない。

「…………クソッ」

手で覆うしかなかった。

「──それはそうと、後宮の失せ物の件ですが。実は先日、進展がありまして」

関玿は片眉をピクリと微動させた。

「李徳妃の侍女が犯人だったのですが、聞き取りを進めると、どうにも彼女が自白した盗品と被害として内侍省に報告されている盗品の数が合わないらしく」

「……ほう」

手遊びしていた関玿の右手が止まった。シャランというか細い音を最後に、歩揺は沈黙する。

「そういえば、この件は確か陛下も関わられていたと……もしかして、今回の犯人逮捕は、陛下の計らいですか？」

安永季はまだ、関玿が衛兵のふりをして後宮へ行っていることを知らない。

「まあ、そんなところだ」

自分の手で捕まえたわけではないが、彼女にはこうなることが分かっている節があった。

──まったく……紅林には予知能力でもあるのか？

彼女は、以前勤めていた花楼で似たようなことがあったから分かった、と言っていたが、それでも普通であれば、花楼の失せ物と後宮の失せ物を結びつけては考えないだろう。一緒にいた徐瓔や朱香という女達が言っていたように、商人からは買うのが普通で、商人に売るなど思いつかないはずなのだから。

　とことん、謎めいた女人だ。

「どうやら、他にも犯人はいそうですね。まあ、盗まれた者が李徳妃に限らずなので、当然と言えば当然なのでしょうが。報告を聞いた時は、これで一つ片付いたと思ったんですがねえ」

　安永季は肩を手で揉《も》んでは、やれやれと疲労の滲む溜息を吐いていた。

　しかし、関玿は実に対照的な表情を玲瓏な顔に描く。

　それこそ新たな楽しみを見出《みいだ》した童子のように、赤い瞳を輝かせた。

『これでお仕事は終わりですね』

『衛兵様、そういうことですから』

　蘇る、彼女の暗に関係はもう終わりだと告げる声。

　握りしめた歩揺が楽しげに鳴いた。

「どうやらまだまだ終わらないらしいぞ、紅林」

4

内侍省建屋の一室で、円仁は疲れた溜息を足元にこぼした。

肺腑《はいふ》の隅々に溜まっていたものまで残らず出し切ったような、細く長い息からは彼の心労を慮ることができる。

「李徳妃の、あの反抗的な態度はどうにかならないものか……」

円仁は、李徳妃の睥睨の眼差《まなざ》しを思い出し、舌打ちした。

「いくら四夫人といえど、皇帝の寵で決められたものではないというのに。朱貴妃や景《けい》淑妃《しゅくひ》のように、身の程をわきまえて、しおらしく過ごしていればいいものを」

宋賢妃は、何かあるとすぐに内侍省へ文句を言ってきてうるさいことこの上ない。

李徳妃は、地方で強権を持つ一族の姫ということもあり、根っからの支配者気質が染みついている。誰に対してもいつも高圧的な態度をとり、あまり心証がよろしくない。

今はどの妃嬪も皇帝のお手つきがないからいいが、もしこれで寵争いが始まれば、もっと面倒なことになるのは目に見えていた。

先が思いやられ、また円仁の溜息は濃くなる。

その溜息に重なって、向かい側から、蛙《かえる》が引きつけを起こしたような声が聞こえた。

「……笑い事ではないですよ、順安殿」

「すまんな。いつの世も、後宮の女は面倒なものだと思ってな」

円仁と順安の口調は、二人きりの時だけ、まるで主従が逆転したかのようにガラリと変わる。

顔の左半分を黒い面体で覆った年上の部下――順安は、露わになっている方の顔を歪ませながら、クツクツと喉で笑っていた。あまり見好《みよ》い笑い方ではなかったが、彼に関しては仕方がない。皮膚が引きつるのだろう。

疵を見せてもらったことはないが、面体の下は酷い火傷《やけど》痕があるという話だ。その昔、大火に巻き込まれたのだとか。

「はぁ……内侍官など、楽しみがないとやってられないですよ」

「では、充分に楽しめておるだろう？」

ニヤリと口角を深く切り上げた順安に、円仁は同じく深い弧を口元に描いた。

「いや、本当に順安殿と知り合えて良かったです。でなければ今頃、妻を身請けすることもできなかっただろうし。官吏の俸禄《ほうろく》が高いだなんてまやかしですよ」

最近まで後宮に女人はおらず、名ばかりの役職だったのだから。他の官吏と同じだけの俸禄がないのは仕方なかった。

「だが、これからはどんどんと女も増えるぞ、円仁殿。欲にまみれた女達がな……ハハ

「先が楽しみですね」
ッ！」

◆

易葉という侍女は結局、李徳妃の黒呂宮へ戻ることはなかった。

詳しい判決が伝わってきたわけではないが、おそらくは冷宮に連れて行かれたのだろうというのが、後宮の女人達の見立てだった。

冷宮は内朝の一画にある、下女や罪を犯した女人が懲役を行う場所である。

下女の仕事――屎尿《しにょう》処理や残飯の処理など――を主とし、そこだけは内朝の中にあって、まるで流民街のような雰囲気が漂う場所であった。

内侍省の判決でも、四夫人であればその権力で多少の温情を請うこともできるのだが、李徳妃は「当然の報いだ」と、侍女の減刑を望まなかった。

一緒に連れて行かれた商人は、翌日の市にはケロリとした顔でまた店を開いていたと聞くから、やはり全面的に侍女が悪いとされたようだ。

二日間あった市も、この騒ぎ以外には大きな問題も起こらず、盛況の内に幕を閉じた。

北庭の掃除を終え、紅林はひとり、宿房へと戻っていた。

後宮にはもう商人達の雄々しい野太い声はなく、今はキャラキャラとヒヨドリのような可憐《かれん》な声だけが賑わしている。

彼女達の話はもっぱら、市で買った新しい飾り物の話題で始まり、「そういえば」と、市で出会った格好いい商人や衛兵の話へと向かう。

そこに皇帝の話題が影も形もないのはやはり、そういった気配が微塵もないからだろう。

「本当に皇帝って後宮に興味がないのね」

確かに問題を起こしたのは妃嬪ではなく侍女であるが、一応、四夫人の品が盗まれていたという事件である。李徳妃の様子伺いくらいあるかもと思ったが、やはり皇帝はチラッとも姿を現さなかった。

「よっぽど情に薄い人なのね……まあ、後宮を焼いた奴だもの。情なんかあるわけないわね」

それにもし、本当に皇帝が李徳妃の宮を訪ねていたら、今頃、嫉妬で憤慨した宋賢妃が当たりどころを探して、後宮内をウロウロしていたかもしれない。そして、おそらくは自分に当たりに来ていたはずだ。

「皇帝が来ないほうが、私は平穏無事に過ごせるからいいけど」

——どうか、私が後宮を出るまで皇帝が来ませんように。

などと、紅林は北庭からの帰り路で手を合わせて祈った。

「あ、しまった。祈るんだったら、母様に祈ってくれば良かったわ」

北壁の際への供花はまだ続けていた。

今日の供花は丁香花《ハシドイ》である。紫の小花がたくさん集まって、雲のような形を成している香りの良い花だ。

ところが、丁香花を手にいつもの場所へと行ってみれば、先に新たな花が置かれていた。

「花っていうか、ほぼ木だったけど」

大きな緑の葉と白い小花が茂った白雲木《はくうんぼく》の枝。しかも、紅林の片腕の長さほどある大物だ。切り口が綺麗に伐《き》ってあったから、きっと鋭利なもので——例えば剣などで伐ったのだろう。

はて、誰が置いたものか。などと頭を悩ませずとも、紅林の脳裏にはすぐにひとりの衛兵の姿が浮かんだ。

「私のことを図太いだなんて言ったくせに、自分だって充分図太いじゃないの」

白雲木の木は、北庭近くにはない。いったい彼はどのような顔をして、花の茂った枝を北庭まで持ってきたのだろうか。

想像したら、思わずふっと笑みが漏れてしまう。

それにしても、自分より先に花を供えるとは、衛兵の朝は思ったよりも早いらしい。

もしくは、会わないようにしているかだが。

「やっぱり、この間の態度は少し失礼だったかしら……」

何かを言おうとする彼に、一方的な別れを告げ立ち去ったのだが、あの後彼はどのような顔をしていたのか。

「――って、ほだされない！　駄目よ、駄目。ただでさえ彼は危険なんだから」

先ほど聞いたヒヨドリの声の中にも、永季のことと思われる話が含まれていた。黒髪を後頭部で結い流した赤目の美丈夫と、ここまで一致すれば間違いなく永季のことだ。

他の女人達からいらない嫉妬を買うのは賢くない。

「それに……」

自分の過去は誰にも知られてはならない。

興味を持たれることすら避ける必要がある。

どうせ聞かれても、答えることなどできない。

五年より以前は――。

「後宮《ここ》にいたんだから」

林王朝最後の皇帝・林景台《りんけいだい》の第一公主、林紅玉《りんこうぎょく》として。

紅林は手に絡む袍の袖に視線を落とした。

薄黄色一色の袖先は土汚れがよく目立つ。襦裙の生地は少々ごわついていて、ずっと歩いていると裾と足首が擦れてヒリヒリとしてくる。

かつては、今の四夫人すら羨むような鳳凰《ほうおう》の刺繡が入った汚れ知らずの袍を纏い、しだり尾のように長い裳裾《もすそ》を引きずって歩いていたというのに。

「これでいいのよ。私はもう……紅林だもの」

紅林は、胸に垂れた髪を一房手に取ってまじまじと眺めた。

「あんなこと……初めて言われたわ……綺麗だなんて」

――綺麗……なのかしら？

そうだったら嬉しい、とは思っても、市で向けられた不躾な視線や言葉の数々を思い出せば、やはり紅林の表情は曇った。

「やっぱり、あの衛兵が変わってるだけよ」

市の皆の反応は、実に見慣れたものだった。

中には今回の件で侍女が連れて行かれたのすら、狐憑きのせいだと言っている者がいたが、正直堪ったものではない。

なんでもかんでも狐憑きのせいにするのは、やめてもらいたいものだ。

「そう思うと、内侍省の高官っていう人は、よく私を後宮に入れたものね」

いったい誰なのか。

この間現れた内侍省の人間は長官と呼ばれていた。名は円仁だったか。

彼だろうか。

いかにも長官といった、肩で風を切る横柄な歩き方から、ふてぶてしい者だなという印象がある。

紅林は視線を斜め上へ飛ばし、しばし考える。

「……いえ、ないわね。わざわざ彼みたいな人間が、面倒事の塊である私を後宮に入れる理由がないもの」

侍女を見るなり、いかにも『面倒事は勘弁してくれ』とばかりの顔になったのに。

「そういえば、あの侍女……長官が来る前に何か言いかけていたような……」

離れていたせいで断片的にしか聞き取れなかったが。

「ない……が……？　ないかが？　んー、内侍、官、が……内侍官？」

もしかして、『内侍官が』と言ったのだろうか。

「よく分からないわね」

まあ、自分が首を突っ込むことではないし気にすることもないか、と頭の横で手を振って、紅林は雑念を追い出した。

視線を宙から前方へと戻す。

すると、目の前の妃嬪宮から見覚えのある者が、ちょうど出て来るところだった。

「あら、もしかしたら朱香じゃない？」

朱貴妃の赤薔宮《せきしょうきゅう》から現れたのは、ふわふわとした赤茶けた髪が特徴的な朱香であった。どういうわけか彼女は、キョロキョロと辺りを気にするような素振りを見せ、身体を丸めていた。はっきり言って、不審者そのものの動きである。

しかしよく見れば、身体を丸めているのは木箱を抱えているからだと分かった。

「朱貴妃様の宮からだなんて、どうしたのかしら。もしかしたら、あの木箱は下賜品？って、侍女でもないのにそんなはずないわよね」

きっとちょうど宮の近くにいて、何か運んでくれと頼まれたのだろう。侍女達が出払っていれば、あり得ないことではない。

「ま、聞けば早いか」

紅林は片手を上げ、朱香に駆け寄ろうとした。

「今日の掃除はもう終わったのか」

が、踏み出した足に二歩目はなく、一歩踏み出したまま地面に縫い止められてしまう。

本当、いつも神出鬼没な男だ。

この低い声音に、もう驚かなくなってしまった自分が少々悔しい。

「……何かご用でしょうか、衛兵様」

この間はっきりと距離を置いたつもりだったが、横から近づいてくる男——永季は、何事もなかったかのように、柳眉を垂らしてクスクスと親しげに笑っている。

「そんなつれない呼び方をするなよ、仕事仲間だろう」

「いえ。失せ物の件でしたらもう片付きましたので」

彼とはこれ以上関わらないほうが良いと、紅林の中の何かが訴えていた。

しかし、心とは相反して紅林の足は動かない。

——関わってくれなければいいのに……そしたら私もこんな思いせずに済むのに。

紅林は遺憾だとばかりに、恨みがましい目を下から見上げるようにして永季に向けた。

しかし、永季は片口を上げたのみで、さらりと紅林の意図を受け流す。

「実は、内侍省からの情報でな。後宮内から報告された失せ物と、侍女が自供した失せ物の数が食い違っていたそうだ」

たちまち、半分閉じていた紅林の目が全開になる。

「え、それはつまり……！」

永季は頷いた。

「まだ事件には調査する余地が残っている、ということだな」

「と……いうことは……」

言いながら紅林は頬を引きつらせた。

「さあ、手伝ってもらうぞ、紅林！」

にこやかな顔の永季の手が、紅林の肩に置かれる。

ずしりと重い彼の手は、『まだまだよろしくな』と言っていた。

――どうして……っ！　どうして、静かに過ごさせてくれないのよ！

「あ、それから名だが……」

「っ分かりましたよ、永季様！」

ニヤけて言う永季の言葉も半ばに、投げやりに被せてやれば、彼は至極楽しそうに肩を揺らしていた。

「それでは、私はもう戻りますから」

彼相手だと、どうにも上手く自分の意思を貫き通せない。

これ以上歯痒い思いをする前に、さっさと自分から去ったほうが得策だと、紅林は永季に背を向けたのだが。

「まあ、待て」

突如、背後から彼の左腕が目の前にぬっと出てきたかと思えば、そのまま肩を抱かれ拘束されてしまった。

「え、永季様⁉」

気が動転し、声まで裏返ってしまう紅林などお構いなしに、永季は「んー？」とゆったりとした声で適当な相槌《あいづち》を打つ。

後ろ髪に触れているような感覚が、揺れる髪から伝わってくるが、肩を抱かれ、背中にはぴったりと彼の胸板がくっついているため、首を巡らすこともできない。

――な、何をしてるのよ……っ。

大人しく彼の腕の中に収まっていることしかできず、焦《じ》れた時間が過ぎていく。

少しずつ上がっていく体温。

時折耳元で感じる彼の息遣い。

肩を抱く手は優しくも、抗《あらが》いがたい強さの抱擁で、どうしたら良いのか分からない。

いつまでこの状況が続くのか、耐えられるのかなどと思っていれば、「よし」という声と共にようやく解放され、紅林は振り返って永季を見上げる。

「いったい何を？」

後頭部で何かしていたようだが。

そう思い手を後ろ髪へと伸ばすと、指先に硬いものが触れ、シャランと華奢な音が鳴った。

「これって、歩揺ですか」

「礼だ。大した物じゃないから気にせず受け取ってほしい」

どうやら歩揺を挿してくれていたようだ。

どのような歩揺を挿してくれたのか気になったが、せっかく彼が挿したものだ。ここで抜くことは憚《はばか》られた。

「生まれて初めて、誰かにこの髪を飾ってもらいました」

黒髪の時に飾られたことはあるが、白髪に戻ってからは一度もない。まず、髪に触れようとする者すらいなかった。

「そうか。それは良かった」

その良かったは、どういう意味なのか。

「あ、ありがとうございます。そういうことであれば、遠慮なくいただいておきます」

しかし聞けない。聞いてしまえば、何かしらの答えが出てしまう気がして。

真っ直ぐに見つめるのが面映《おもは》ゆく、視線を逸らしたまま礼を言ってしまい失礼だったかと思ったが、それでも彼は「よく似合っているな」と、嬉しそうに言うのであった。

「仕方ありませんから、この歩揺ぶんはお手伝いします」

「ああ、よろしく頼む」

こうして、再び後宮の失せ物について、永季と共に調べることになったのだが。

「ひとまず、易葉さんに話を聞きたいです。あの方法をひとりで思いついたとは考えられませんし……」

「紅林は知っていたじゃないか」

「花楼で似たようなことを経験したからです」

後宮の外にある冷宮の獄へは紅林が勝手に行くことは許されず、ひとまず内侍省への許可を求めに行った。

しかし、そこで紅林は、数日前に易葉は亡くなったということを知った。

【三章・伝えられない想い】

1

「紅林《こうりん》、お願い助けて！　宋賢妃《そうけんひ》様に殺される！」

いつものごとく紅林が北庭を掃除していると、小走りで徐瓔《じょえい》がやって来るではないか。

何事かと見ていれば、彼女は駆け寄るなり、パンと合わせた両手より低く頭を下げた。

「まあ。殺されるだなんて、また随分と穏やかではありませんね」

しかも、『宋賢妃様に』、というところがなんとも現実味あふれる。

「それで、どのようなご用件でしょうか、徐瓔さん」

「あんた頭良いし、ちょっと知恵を貸してほしいの！」

「あ、あの、私からもお願いするわ」

ひょこっと徐瓔の背中から現れたのは、涙目になった女官だった。

女官は、後宮に勤める女達の衣装を管理する尚服局《しょうふくきょく》の勤めだと言った。

来週に迫った乞巧奠《きこうでん》に合わせて、宋賢妃から新たな帯の依頼を受け、図面通りに作り上げたのだが、保管していたその帯が失《な》くなったらしい。出来上がった帯を徐瓔が受け取りにやって来て、そこで初めて気付いたのだとか。

乞巧奠は空に織女星《しょくじょせい》と牽牛星《けんぎゅうせい》が輝く時期に執り行われる、後宮祭祀である。織女星にあやかって針仕事の技巧上達を願い、二星に供え物をして祭るこの時期ならではの風物詩だ。

後宮の女達が主役である後宮祭祀ということもあり、表の宮廷内で行われるような宮中祭祀よりは規模が小さく重要度は下がりがちだが、それでも従五品以上の宮廷官も臨席するため、後宮祭祀の中では賑やかな部類だ。

後宮内の宴殿《えんでん》で催されるのだが、昼過ぎから行われる儀式と、終わってから夜空の下で催される酒宴によって構成される。

宴殿は二層の基壇の上に建っており、宴殿以外の部分は、楽士や舞手が腕前を披露するのに充分な広さがある。日が落ちれば、宴殿の縁に沿って並べられた燭台《しょくだい》や灯籠が朱色に輝き、まるで夜空の中を泳いでいるような目にも彩《あや》な光景が広がる。

昨年まで後宮はあれども中身が空だったため、行われていなかったが、今回女達が入ったことにより初めて催されるということだ。

初めての後宮祭祀であり、初めて皇帝が女達の前に出て来るのだ。この機会を逃しはしまいと、妃嬪達は少しでも美しくあろうと、新たな衣装を仕立てているのだろう。

「依頼も多いでしょうし、誰かが間違えて持っていったんじゃありませんか？」

「それはあり得ないわ。図案は宋賢妃様作成のものだし、金糸の鳳凰と銀糸の麒麟《きりん》でとっても派手な帯なの。誰かがしていたら間違いなくばれてしまうわよ」

女官の説明に、紅林と徐瓔は顔を見合わせた。

「この間の飾り物盗難と同じ感じね。ねえ、いつ失くなったのか分かる？」

「それが……十日くらい前に出来上がって、それからずっと保管棚に置いていたので正確には……」

眉を曇らす女官に、紅林が一つの可能性を呟く。

「十日前ですと、この前の市で誰かに売られた可能性もありますね。もしかすると、それだけ派手な帯なら、もう一度商人が後宮で売るということも考えられますが」

「そんなの待ってられないわ！　次回の市は乞巧奠の後だもの」

それに現実問題、それほど派手な帯なら、女官や侍女の俸禄ではとても買い戻せない。なにより、あの騒ぎがあった後で、商人が買い取ったものを市に出す可能性も低い。

八方塞がりというわけか。

しかし、金の鳳凰と銀の麒麟の注文とは。宋賢妃の乞巧奠に対する気合いの入り方が窺い知れる。それを失くしたとあっては……。

「なるほど。宋賢妃様なら毒を飲んで詫びろくらい言いそうですね」

「そんな他人事《ひとごと》みたいに言わないでちょうだいよぉ……本当にやりそうなんだからぁ」

絶望に打ちひしがれ、グスグスと鼻をすすりはじめた女官の隣で、徐瓔が力強く頷いていた。

自分の主人に対し、実に容赦ない認識をしている徐瓔。よくそんな主人から、いくら弟のためとはいえ歩揺を盗めたなと、むしろ感心を覚えてしまう。

「もう狐憑きだなんて言わないから、助けてよぉ」

もはや呼ばれ慣れすぎて、それは交渉材料にならないのだが。

しかし、足元で鼻先を赤くして見上げてくる女官を見れば、紅林の心にも同情心が芽生えるというもの。

──なるべく、問題事には関わりたくないんだけども……。

紅林はぐぐっと唇を尖らせ、しかし、ついには捨てられた子犬のような眼差しに負け、はあと息を吐いた。

「……ちなみに今、他に残っている帯とかあります？」

「う、うん、あるある！　あるわよ！　一応持ってきたわ」

女官は手にしていた包みを開いて紅林に見せた。

「この時期、やっぱり他の宮や侍女とかからも依頼が殺到していて。局に残っていた帯では、これが一番ましだったのよ」

包みの中から現れたのは、青地に、赤と白と黄で牡丹《ぼたん》の花が刺繍されている帯。

色彩豊かで充分に美しい帯なのだが、宋賢妃が依頼したものと比べれば格段に見劣りするだろう。

「ねえ、紅林。どうにかできないかしら。今からまた作ってたんじゃ間に合わないし……なんとか、この帯で満足してもらう方法ってない？」

「結構な無茶を言いますね」

人をなんだと思っているのか。

これが朱貴妃《しゅきひ》であれば、ここまで女官は顔を蒼くしなくて済んだだろうに。よりによって、宋賢妃の帯とは。

紅林は、箒の柄に顎を乗せ「うーん」と空を眺める。

徐瓔と女官は、紅林の口から解決策が出てくるのを、眉間に力を入れて祈りながら待つ。

晴天続きのからっと爽やかな風が、三人の首筋をかすめていく。

このままいけば、乞巧奠の夜は満天の天の川が見られるだろう。

「……まあ、このままってわけにはいきませんが、この帯で宋賢妃様を満足させることはできますよ」

「本当っ⁉」と二人は噛みつかんばかりに身を乗り出した。

「牡丹の葉の緑は青と同じなので……これに、あと黒の糸で刺繍を入れてください。柄はなんでもいいです」

「え、それだけでいいの？」

「重要なのは、帯を渡す時の宋賢妃様への口上ですから」

乞巧奠での捧《ささ》げ物には、針仕事の上達にちなんで、五色の糸が用意されるのだが。

「青、赤、白、黄、黒の五色はその祭祀を象徴する色です。なので、この帯に足りない黒色を刺したら、堂々といかにもこれが最善ですという顔でこう言ってください――『金銀煌びやかなのも大変めでたくはありますが、鳳凰は天を、麒麟は地を表すもの。つまり国体を示します。陛下がおわす行事の場でそれを纏えば、自らをも陛下と同格と言っているに等しく、不敬とされるやもしれません。それに対し五色の刺繍帯であれば、本来の乞巧奠の意味に即したものであり、心より儀式に挑む姿勢と配慮に、陛下はいたく関心を示されるでしょう』と」

へえ、と徐瓔が口を縦に開いて、感嘆の声を漏らしていた。

「乞巧奠って、ただの月見酒の行事じゃなかったのね。宮女なのが嘘みたいに、紅林って本当に物知りだわ。何者よ」

「ただの宮女です」

というか、乞巧奠を月見酒と認識していたのか。

──きっと、後宮用の教則本も全部燃えてしまったのね。

皇帝が関わる宮中行事ならば、表側での資料保管があるが、後宮内にしか関わらない女官や侍女の教則本などは、内侍省にしかない。

その内侍省も先の大火で燃えてしまった。

「確かにこれなら、宋賢妃様も納得してくれそうだわ。私が聞いても、なるほどって思ったもの。良かったわね」

「な……っ」

手を叩いて喜ぶ徐瓔に対し、女官は目を瞬かせている。

「長いわ」

「……命が惜しければ覚えてください」

それで毒薬回避ができるならば易《やす》いものだろう。

「助かったわ、紅林」

「ありがとう、紅林さん！　周りにもあなたの博識ぶりをしっかりと宣伝しておくわね！」

「結構です」

隅の方でひっそりと過ごさせてほしい。

二人は来た時とは表情を一変させ、早速帯を仕上げないとと言って尚服局へと走って帰っていった。

ヒラヒラと手を振り二人を見送ると、紅林はまた箒の柄に顎を乗せる。

「ふうん……帯が失くなるねえ……」

金糸銀糸の刺繍帯であれば、さぞ絢爛豪華《けんらんごうか》な上等品だったのだろう。

だが、この間市で騒ぎがあったばかりで、また同じ手法を使うつもりか。商人の方もしばらくは警戒すると思うが。

それに、誰がそんな大金を必要としているのか。

紅林は箒の柄を支えにして、しばらく身体を揺らしながら思案していたが、余計なことには首を突っ込まない、と考えを追い出す。

「永季《えいき》様から犯人探しを頼まれているけど、あまり深入りしないほうが良さそうね」

易葉《えきよう》の死は、さすがに詳しいことは伏せられており、冷宮での生活を苦と思っての自殺だろう、と女人達は噂していた。

ここは後宮。

『公主様、お気を付けください。ここは虚実が表裏一体となる場所です。どうかご自分を助ける術《すべ》を習得なさってください』

それは母の侍女である鈴礼《りんれい》が、ことあるごとに紅林に言って聞かせていた言葉。

後宮という特殊な環境下では、常識というものが一切通用しない。真《まこと》に見せかけた嘘が当たり前に横行し、妃嬪同士のただの雑談ですら気が抜けないのが常だった。特に、世情が不安定だった林王朝末期は皆が皆、自分以外を蹴落とそうと必死だった。

だからこそ、母の弱点になり得る紅林は、ずっと隠されていたのだから。

思い出した記憶に、クスと紅林はわびしそうな笑みを浮かべる。

「何が起こっても不思議じゃないもの」

◆

宮女には、十人で一つの宿房が与えられている。

夜、隣からごそごそと音がして紅林は目を覚ました。

隣は朱香《しゅきょう》の寝所であり、何事だろうかと、紅林は仕切り代わりの帳《とばり》をわずかに捲り、顔を覗かせた。

「あれ？　朱香？」

掛布の中はもぬけの殻だった。

「眠れないの？」

紅林は、宿房の表階段に腰を下ろしている背中に声を掛けた。

痩せた小さな背中がビクッと揺れる。

「びっ……くりしたよ、紅林」

「私も、あなたがいなくてびっくりしたのよ」

冗談めかして頬を膨らませながら、紅林は朱香の隣に腰を下ろす。

振り向いた朱香の膝の上には、先日紅林が目にした木箱が置かれていた。

「ねえ……近頃、元気がないのって、その箱と関係してる？」

乞巧奠が近づくにつれ、後宮内は慌ただしくも活気が増している。しかし、それと相反するように、朱香の元気さは日に日に陰りを見せるようになっていた。

紅林にはその原因は分からなかったが、いつ頃からそのようになったのかは心当たりがある。

朱貴妃の宮から、箱を持って出てきてからだ。

一度、箱のことを聞いてみたのだが、その時は『乞巧奠で使うものを預かったの』と教えられ、それで納得していた。

まだ後宮ができて日が浅く、後宮に勤める者の数も、後宮の規模に見合った数より少なく、乞巧奠の準備には位階関係なく、宮女まで駆り出されることになっていた。

当日割り振られた役目は、紅林はその髪色のせいで裏方だったが、朱香は尚食局《しょうしょくきょく》の女官と一緒に、配膳準備や酒や食料などの管理担当となっている。その関係で何かを預かったのだろうと思っていたのだが……。

朱香の箱を見つめる目は、あまりにも感情が乗りすぎている。

「その箱の中身、見せてもらっちゃ駄目かしら。もしその中にあるもので、何か悩んでるんだったら力になりたいの」

朱香はチラと紅林に横目を向け、手元の箱と見比べる。

そして、しばしの逡巡《しゅんじゅん》の後、分かったとおもむろに箱を開いた。

「紅林にだけだからね」

中に入っていたのは、黒い酒壺《しゅこ》。

「……変わった色をしているのね。これを朱貴妃様が乞巧奠で使うって？」

元は白い石作りの酒壺だろう。所々、黒がもやのように薄れた部分からは白地が見えていた。妙な照りがあり表面に何か模様が彫られているようだが、薄暗い場所では判別できない。

ただ、取っ手が龍のような形になっているのは分かった。

「確かに龍なら、陛下に使うのには相応《ふさわ》しいものね」

しかし……。

「ねえ、これって朱貴妃様がこの間の市で買ったのかしら？」

既視感があった。

「さあ、どうだろう。私は渡されただけだから」

朱香は、酒壺に手を伸ばした紅林から遠ざけるように箱を閉めると、紅林とは反対側に置いた。

――市で見たのかしら。もしかしたら、商人からの献上品かもしれないし。

などとひとりで納得していると、先ほどまでの難しい表情から一変した朱香が、ニヤニヤとしながら紅林に身体を寄せる。

「それはそうと……紅林ってば近頃、毎日歩揺を挿してるよね。赤い石の」

確かに挿している――が、朱香の表情は、そのようなことを言っているのではない。

「――っあ、ち、いえ……っ！」

紅林の頬が夜でも分かるくらいに色づいた。

「もしかして、この間一緒だった衛兵さんからもらったの？　なんか仲よさげだったしい」

口元をニヤつかせたまま目を細め、朱香はずずいと紅林に迫る。

完全に揶揄いにきている。

「大丈夫大丈夫、誰にも言わないからさ」

「ち、違うわよ！　そんな意味があるものじゃなくて、彼の仕事を手伝ったお礼として渡されただけだから！」

「お礼ねえ？　にしては、随分と高そうな歩揺だよね」

ぐっ、と紅林は喉を詰まらせた。

それは紅林も思った。

まだ仕事は終わっていない、と今後の協力も約束させられた後。

突然、手を伸ばしてきたかと思えば、後頭部に歩揺を挿されていた。その時彼は、『礼だ。大した物じゃないから気にせず受け取ってほしい』と言い、紅林もそういうことならと深く考えず受け取ったのだが。

夜、宿房に戻って歩揺を抜いてみて驚いた。

紅玉があしらわれた金歩揺。その質の高さは、一介の衛兵が『大した物じゃない』と言えるようなものではなかった。

相当無理をしたことがうかがえた。

「さすがに贈り物を突き返すのは失礼だし、だったらせめて挿してあげないと可哀想でしょ⁉」

「はいはーい。そんな力一杯言い訳するとあやしいだけだよ、紅林」

「何もあやしくないわよっ！」

とはいえ、嬉しく思ったのも事実で。

紅林は、これ以上喋っても墓穴しか掘らないと、肩でグイグイと突いてくる朱香からプイと顔を背けた。

これ以上は、何も答えてやらない。

すると、肩口に感じていた圧がふっと消える。不思議に思って目を向ければ、朱香の表情はまた変わっていた。

自嘲の薄い笑みを口元に置いて、しかし、目は誰かを想っているような遠い目をしている。

「別に、全員が全員、皇帝の寵を求めてるわけじゃないのにね」

それは彼女自身のことを言っているのか。

それとも、目の奥に浮かべた誰かのことを言ったものなのか。

「……朱香はどうして宮女に？」

後宮に入る理由は女の数だけある。

それだけ、後宮《ここ》は様々な欲望が渦巻く場所なのだ。

「私ね、拾い子なんだ」

突然の告白に、紅林は上手く反応できず眉間を寄せてしまった。

「あ、そんな顔しないで。不幸なことはなくて、とっても良い人に拾われたんだ。その家は王都でも大きなお店を持っててね、そこの娘が路地裏でお腹《なか》を空かせて倒れていた私を家族として迎え入れてくれたの」

「そう。とても良い人に見つけてもらえたのね」

「義父は下女がひとり増えたくらいにしか思ってなかったみたいだけど、姉は、本当の妹みたいに私を可愛がってくれたんだ。文字を教えてくれたり、本を読んで聞かせてくれたり。売り物のお菓子をこそっと分けてくれたこともあったんだ」

「それなのに、どうしてまた」

そんな良い家を出る必要はあるのだろうか。

「……恩返しかな。ここまで育ててもらったお礼として、少しでも力になりたかったの。ちょうど姉も家を出るって話だったから。それならって……」

なるほど、下女として扱う義父とは確かに一緒にいづらい。それなら支度金で少しでも恩返しをということか。

「姉は私の恩人だから。姉のためなら、私はなんだってできる」

「そう。あなたがそこまで想うって、とても素敵なお姉さんなのね」

朱香は嬉しそうに頷いていた。

「あら、大変。朱香ったら震えてるじゃない。早く房に入りましょう」

気がつけば、箱に乗せてある朱香の手が震えていた。

「夜風に当たりすぎちゃったかな、少し冷えたみたい」

箱を大事そうに抱きしめて立ち上がった朱香の肩を抱いて、紅林は宿房へと戻った。

「朱香、しわしわのおばあちゃんになるまで一緒にいましょうね」

「ありがとう、紅林。そうなれたら……嬉しいな」

そう。全員が全員、皇帝の寵など求めていない。

2

乞巧奠が近づくにつれ、後宮は慌ただしく、女達の気は段々と鋭敏になっていった。化粧に余念がなくなり、頭上で揺れる歩揺や帯飾りが日に日に派手になっていく。

なんといっても、初めて皇帝を間近に見ることができるのだ。

万が一、ここで皇帝に見初められでもすれば、妃嬪に封じられる冊封もあり得る。

現在、四夫人の席は全て埋まっているが、その一つ下の九嬪や、もう一つ下の世婦の席は空いているのだから、女達が我こそはと競争心をたぎらせるには充分だった。

普段使われていない祭祀用の倉庫が開かれ、祭祀道具の点検やら品出しに尚儀局《しょうぎきょく》や尚服局の女官達が走り回り、皇帝や妃嬪達が口にするものには最高の食材を、と尚食局の女官達も大わらわ。

倉庫から出された道具はどれも新品で、やはり後宮は全て燃えたのだと実感してしまう。

紅林の仕事はいつもの北庭の掃除に加え、乞巧奠準備の雑用が増えた。女官にアレはアッチに、コレをソッチに、ソレはどちらに……と、こき使われまくっている。

広い後宮内を荷物を持って、大して肌触りの良くない襦裙であちらこちらへと走り回る。すっかり体の良い使い走りにされてしまった紅林は、荷物を抱えて後宮門近くの内侍省へと急いでいた。

ここら辺は衛兵だけでなく宮女や女官も多く、それをよけて走るのがまた大変なのだ。

──い……いい加減、疲れるわよ……っ！

焼け出されてから五年の流浪で培った体力でも、さすがに限度がある。

ぜぇぜぇと息を荒くしながら体力の限界を嘆いていたら、とうとうやってしまった。

「──ぁあっ⁉」

おぼつかなくなった足がよろけ、紅林は近くで雑談していた女官達にぶつかってしまった。

「あ……っぶないわねえ⁉　どこ見てんのよ！」

「し、失礼……しました……」

「って……げっ、狐憑き⁉　やだー触っちゃった、不幸になったらどうしようー」

荷物は落とさずに済んだが、女官からの雷が落ちる。

「あんた、なんでこんな後宮門近くをうろついてんのよ。確か北庭が掃除場だって聞いてるわよ」

「あーさぼりだぁ。ただでさえ掃除しかできることないくせに生意気ぃ。ちゃんと働けよ！」

二人の女官は、俯く紅林に膝を折って謝れとばかりに、上から雑言を浴びせ続ける。

――ちょ……今は勘弁してほしいんだけど……。

正直、何を言われているのか、疲れすぎて脳が理解できていない。ただ、猿のように騒がしい奇声が耳に入るだけ。

そんなだから、紅林が女官達の言葉に反応を返せるはずもなく。

無反応の紅林を見て、無視されていると思ったのか、女官達の怒りが加速していく。

「……へえ？　いい歩揺してるじゃない。狐憑きの分際で、なに色気づいてんのよ！　気色悪い！」

次の瞬間、紅林の俯けていた後頭部に鋭い痛みが走った。

「痛――っ！」

力任せに髪ごと歩揺を鷲《わし》づかまれ、無理に引き抜こうと引っ張られる。髪を押さえる紅林の手を払おうと、女官が髪を握ったまま左右に振るたびに、頭皮に針が刺すような痛みが走る。

「や、ぁ……っ痛い……っ！」

「何が痛いよ。大体、失せ物も全部あんたのせいでしょ？　あんたが来てから始まったんだもの。侍女ひとりを冷宮に入れて殺した奴が……どの口で痛いって言ってんのよ」

「この歩揺は似合わないから、もらってあげるわ。あんたは、そこらへんの木の枝でも挿してな」

疲れていたこともあり、また、やはり二人がかりの拘束には敵わず。

「いや――っ！」

紅林の抵抗虚しく、手で庇《かば》っていた隙間からするりと歩揺が引き抜かれてしまう。

「やったぁ、もーらい！」

女官は奪い取った歩揺を、嬉しそうに高く掲げた。

「何をしている！」

「ひゃっ⁉」

しかし、落雷のような突然の怒号に、女官は悲鳴を上げ、手にした歩揺を地面に落としてしまった。

場にそぐわぬシャランと華奢な音が足元で響く。

同時に紅林は、突然女官達からの圧力が消えたことにより、力の均衡が崩れ、ぐらりと体勢を崩す。

——あ、駄目だわ……。

手には荷物。消耗した身体では踏ん張りもきかない。

紅林は早々に諦めて、来たる痛みを受け入れようとしていた。が、紅林を襲ったのは痛みではなく、力強くも優しい抱擁。

「……え」

驚きに顔を上げてみれば、焦った表情の赤い瞳がこちらを見ていた。

「……永季……様？」

「紅林」と掠れた声で呟いた永季は表情を緩める。しかし、次に目の前の女官達に視線を向けた時にはもう、柳眉を逆立て静かな怒気を全身にほとばしらせていた。

「彼女に用があるのなら、俺が代わりに聞こう」

「っ何よ！　衛兵の分際で口出ししてんじゃないのよ！」

威勢良く食ってかかってはいるが、彼女の足はジリジリと後退している。

「これは後宮内の問題だから、衛兵には関係ないでしょ！」

「関係はある。彼女は俺の大切な人だ。傷つけられれば、当然怒るさ」

紅林の肩を抱いていた永季の腕の力が増す。

一方、彼の言葉に女官達はもちろんのこと、紅林すらも瞠目して息を止めていた。

しばし、三人の時は止まり、「は……ははっ」と女官の引きつった笑いで、やっと呼吸することを思い出す。

「馬っ鹿じゃないの。後宮の女に手を付けていいって思ってるの？　内侍省に訴えたら、あんた、どうなるかしらねえ？」

勝ち誇った顔で永季をあざ笑う女官。

しかし、永季は失言したことにすら気付いていない様子で、平然としている。

「言いたいなら言えばいいさ。その場合俺も、仕事もせず後宮門で衛兵との逢瀬《おうせ》を楽しんでいる女官がいる、ということをうっかり喋ってしまいそうだがな」

カッ、と女官達の顔が赤くなった。

そういった疑似恋愛を楽しむ者がいるのは知っていたが、まさか、目の前の二人がそうだとは。予想以上に多いのかもしれない。

女官達は悔しそうに唇を嚙んでいたが、どう転んでも勝ち味はないと理解すると、ふんと鼻を鳴らしてバタバタと去って行った。

「随分と食い下がったな、よっぽど暇なのか……それより大丈夫か、紅林。怪我《けが》したところはないか」

永季は遠ざかる女官の背中を、目の上に手をかざして呑気に見送ったあと、腕の中にすっぽりと収まっている紅林に目を向けた。

「――っ大丈夫です！」

向けられた永季の表情に、紅林は思わず彼の胸を押し飛ばすようにして突き放す。

しかし、思いきり力を込めたはずなのに、永季は半歩足を下げただけで、距離は思ったより開かない。それがまた無性に癪に障って、紅林は今度は永季の胸を拳で叩いた。

「そんなことより、あの女官達の言うとおりですよ！　どうするんですか、本当に告げ口されたら⁉」

「それは大丈夫だ」

「何を根拠に……っ」

後宮に女は数多いる。しかし、ここは『関玿《かんしよう》』の後宮であり、そこに住まう女達は皆彼のものなのだ。妃嬪だけではない。たとえ皇帝からのお手つきがない女でも、どれだけ身分が低くとも、全て彼の女。

だから、それに誰かが手を出そうものならば、それは皇帝のものの略奪に等しい。

「どうするんですか……永季様に咎があったら……っ」

「へえ、俺の身をそんなに心配してくれるのか」

「揶揄わないでください」

顔を覗き込もうとしてくる永季から逃げるように、紅林はふいと顔を背けた。

何故、こんなにも不安になるのか分からなかった。もし彼に何らかの罰が下されたらと思うと、喉の奥が苦しくなる。

紅林が横を向いたことにより、ぐしゃぐしゃになった後ろ髪が永季の目に留まり、たちまち、永季の顔が渋くなった。

「すまない……俺の歩揺のせいだな。そこまで考えられなかった」

絡まった髪を解くように、柔《やわ》い手つきで髪を梳いていく永季。

妙なくすぐったさが後ろ首にまとわりつく。

「そこまで起きないのが普通ですから」

「迷惑なものを渡してしまったな」

背けた紅林の視線の先、地面の上で寂しそうに金歩揺が転がっていた。

紅林は歩揺を拾い上げ、丁寧な手つきで砂を払う。そして、そのまま歩揺を自分の髪に――ではなく、永季へと差し出した。

髪を梳いていた永季の手は止まり、瞼を見開いて歩揺と紅林とを交互に見やる。

「……挿して……くださいますか……」

彼は薄い息を吐くと、歩揺を受け取り、案外器用に髪をまとめ挿してくれた。

礼を言えば、永季は微笑して小さく頷いた。

どうして、彼は髪をまとめるのが上手いのだろうか。

もしかすると、髪を結う間柄の女人がいるのかもしれない。

胸の奥が石を飲んだように重くなった。

――よく考えたら、私……彼のことを何も知らないわ。

彼はこの歩揺を、どんなつもりで渡したのだろうか。

大切な人とはどういう意味なのか。

彼はあまりにも自分のことを話さないから。

「紅林、あまり後宮門《こちら》には来るな」

焦れるような沈黙が続く中、先に口を開いたのは永季だった。

「え……でも、内侍省は後宮門の傍にありますから」

突然そのようなことを言われても困る。乞巧奠関係で内侍省の判断を仰ぐことが多く、今もこの荷物を内侍省へ持っていく途中だったのだから。

「……嫌なんだ、俺が」

「どうして、そこで永季様が出てくるんです」

市の時は何も言われなかったと思うが。

訝《いぶか》しげに首を傾けていく紅林の視線から、永季は逃げるように顔を背ける。

「……他の男達に……紅林を見られたくない」

「え……へ……っ」

無愛想に呟かれた言葉に、紅林の目がみるみる見開かれていく。

大切な人とは、もしかしてそういう意味なのか。

本当に、そう受け取ってもいいのだろうか。

もしそうであれば……と、紅林の中でほんの少しの加虐心が顔を出す。

「……っどうして……見られたくないんですか……」

次の瞬間、彼に落とされたのは言葉ではなく影。

「――――」

視界に影が落ちたと認識した時には、彼の顔は離れていた。

それは風がかすめるような、勘違いかと思うほど一瞬だけの唇の触れ合い。

「……そんな顔で見てくれるな」

「どんな顔です……」

吐息の交わる距離で囁かれる言葉は、唇が重なっているわけでもないのに胸を締め付け、指先に緊張を走らせた。

それは、癖になるほど痺《しび》れる官能的な甘さ。

「悪い。今日は俺も用事があって、内侍省までは送ってやれん」

「平気です。すぐそこですから」

永季は、フッとほのかな笑みを浮かべた。

「また明日、北庭を訪ねる。失せ物の件もその時に」

失せ物の件も、ということは、他にも何か聞くつもりだろうか。

遠ざかる背中を見送りながら、紅林は自分の唇に触れた。

◆

頼まれた荷物も内侍省に届け終わり、紅林は省内をのんびりと歩いていた。

早く戻るとまた別の頼み事をされそうで、わざと時間を潰す。今日は朝から、それこそ文字通り走り回っていたのだし、多少休憩してもばちは当たらないだろう。

執務のためだけに建てられた内侍省内部は植物が少なく、その代わりたくさんの柱廊が、あちらこちらへと伸びていた。同じ柄《がら》をした扉の部屋も多く、うっかりしたら迷子になってしまいそうで、紅林は細心の注意を払いながら歩き回る。

しかし、紅林が注意していても事故は起こるもので。角の右側から来た内侍官と、派手にぶつかってしまった。

──今日はよく人とぶつかるわね。

運良くぶつかった内侍官が抱き留めてくれたおかげで、大事にはいたらなかったが。

「ああ、これはすまない。私の不注意で……何ぶん、左側が見えないもので」

全く自分など目に入っていない勢いだったなと思っていたが、顔の半分には黒い面体が巻いてあり、内侍官は本当に片側が見えていなかった。

紅林はまじまじと彼の顔を見つめた。

抱き留めてくれた内侍官は、年齢が額と目尻に滲んだ男だった。

「いえ、こちらこそ。内侍官様のお仕事場をウロウロしていた私が悪いんですもの。お気になさらず」

面体の内侍官は、構わないと皺《しわ》の刻まれた手を上げ、立ち去ろうとしたのだが、紅林がそれを呼び止めた。

「あの、少し伺いたいのですが」

「なんだ」

宮女に問いかけられ、内侍官は少し意外そうな顔をする。

「易葉という侍女が盗んだ品と、被害報告の品にずれがあると聞いたのですが。他の犯人は捕まったのでしょうか？」

「捕まえられるわけがないだろう。とうに商人に売り払ってしまって、証拠など残っておらんさ。易葉は運が悪かったというわけだ」

確かに、盗んだものをずっと手元に置いておく意味はない。

「では、侍女の易葉は、どのように亡くなったのでしょうか」

深入りはしないと決めていたが、しかし、彼女の突然な死には違和感があった。

「確か、内侍官様は彼女を捕らえる場にいましたよね。何か知りませんか」

紅林は最初から内侍官に何かを聞きたくて、内侍省内をうろついていたのではない。

ただ、どこかで見たことがあるなと思えば、彼は易葉を捕らえていた内侍官であり、今この場を逃せば、この間の件を知る者に質問できる機会など巡ってこないと思ったからだ。

面体の内侍官など二人もいまい。

易葉が亡くなった今、永季との約束である失せ物の件を早く片付けるには、ここで何かしらの手がかりを得なければ、捜査は前進しない。

面体の内侍官は、ああ、と白いものがまじる髭《ひげ》を指で撫でた。

「病死だよ」

「噂では自殺だと」

「ものは言いようだな。冷宮の食事が気に食わないと、自ら断食していたのだ。それで体力が落ちたところに病をね。あんなところで弱ればどうなるか、少し考えれば分かりそうなものだが。自殺と言えば確かに自殺だろう」

「そう……ですか」

「元侍女という矜持が貧食を許さなかったのだろうな。たかだか四夫人の侍女に、いかほどの価値があったというのだろうか……可哀想に」

面体の内侍官は眉を下げ、確かに侍女を悼んでいるような表情であったが、しかし、紅林には彼の言葉が嘲弄にも聞こえた。

彼のしおらしい態度が、紅林には取り繕ったものにしか見えなかった。

そういえば、過去にも同じような思いを抱いたことがある。その男はとうに死んだが。

「お引き留めして申し訳ございませんでした」

紅林はこの内侍官とはあまり関わりたくなくて、内侍省での休憩を予定より早く切り上げた。

3

「――ということで、失せ物の事件は現状では私達には打つ手なしかと」

「そうか。証拠がもう集められないなら仕方ないな」

北庭の花が供えられた場所で、紅林と永季は並んで腰を下ろしていた。

今日の供花は山梔子《くちなし》だ。真っ白な花弁が薄暗い場所ではよく映え、山梔子特有の甘い香りが辺りを包む。

「ただ……ずっと気になっていることがあるんです」

供えた花の一輪を手に取り、紅林は指先で歪な形の花弁を一枚ずつ撫でる。

「徐瓔さんは侍女達の間で『商人が買い取ってくれる』っていう話が回っていたって言

ってましたけど、一番最初の人はそれをどうやって知ったんでしょうか」

「それは、紅林のように花楼かどこかで、似たようなことを知った者がいたんじゃないか？」

そんなことあり得るのだろうか。

元より、花楼でそのようなことは行われていない。紅林が咄嗟《とっさ》のでまかせで言ったことなのだから。

「知っていたとして、それを実行するには、ある程度の見返りと安心材料が必要なはずです」

まず、後宮に入るまで、後宮に市が立つことすら知らない者がほとんどだ。市が立つと知った後でも、普通は物を売って換金しようなどとは思わない。

それに換金を考えれば、並の品ではなく、やはり妃嬪が持つ上等品でないと意味がない。盗んだのがばれた時の危険性を、想像しないわけではないだろう。

「ばれない自信があったとか……？」

では、その自信の根拠は――などと、考え出すと次々に疑問が浮かんでくる。

「犯人がどのくらいいたのかも、易葉がどれくらい盗んだのかも、私達には分かりませんからね。推理するには情報が少なすぎます」

紅林は手にしていた花を、投げやりに供花へと戻してやった。

「はぁ……結局、明確な答えは出ませんね」

「俺達では得られる情報が少なすぎるしな。やはり内侍省に任せたほうが早いかもな」

悔しそうに抱えた膝の上に顔を伏せた紅林を見て、永季は苦笑していた。

膝に頭を乗せたまま、顔だけを横向ける紅林。隣に座る永季の身体は大きく、膝を抱いて小さくなった紅林の視界には、首から下の部分しか映らない。

「てことは、これで失せ物のお仕事は終わりですか」

何気なく呟いた言葉だったが、視界に映った永季の身体はピクリと反応した。

身体の横に置かれていた彼の手が、こちらへと伸びてくる。

「終わりなら、また名を呼ばないつもりか」

言葉が掛けられるのと、彼の手が首筋に触れるのは同時だった。

「──っえ……ええと……」

弾かれたように紅林は顔を上げた。言葉か、触れた指先か──どちらに反応してなのかは自分でも分からない。

顔を上げたことで、視界に映るようになった永季の顔は、怒っているような、拗《す》ねているような、それでいて少し悲しそうなものだった。

「俺と距離を置くつもりか」

「痛……っ」

首筋にチリッと鋭い痛みが走った。

首筋を撫でていた永季の手が、爪を立てたのだろう。

「……距離を……」

置かなければならない。

後宮で平和に暮らしたいのなら、人間関係は必要最低限に留めるべきであって、間違っても、他の女達から嫉妬を買うような衛兵とは、関係を続けていてはならない。

悩めば悩むほど、紅林の顔は俯いていく。

――でも……。

次の瞬間、足元を映していた顔が、無理矢理に上向けられた。

首筋にあった永季の手が紅林の顎の線を滑り、頬をとらえていた。

「…………！」

急な展開に目を白黒させる紅林だったが、お構いなしに永季の顔が覆い被さろうとしてくる。

「――っや、ぁ、待ってください」

思わず両手で彼の胸を押し返した。

彼が自分になにをしようとしているのかくらい分かる。

途端に昨日の一瞬の出来事が思い出され、顔に熱が集まる。

紅林は、供花に山梔子を選んだことを後悔した。

山梔子の甘ったるい香りで頭がクラクラする。酔って倒れてしまいそうだ。

「昨日は受け入れてくれただろう」

「あっ、あれは突然のことで……っ、……それに、受け入れたわけではなく、躓《つまず》いた永季様と……顔が触れてしまっただけですから」

「そうくるか」

気持ちだけの話ならばいい。

だが、認識を伴った行為をしてしまえば、言い訳もできなくなる。

彼も自分の主人を裏切ることになるというのに。

「どうしたら俺を受け入れてくれる」

「ですから、後宮の女である限り、受け入れることはできないんです。後宮のものは全て陛下のものですから……っ分かってください」

「それは、紅林が宮女だから受け入れられないという意味か……」

いつの間にか彼の手は紅林の腰に回され、手で突っ張っていないと、あっという間に距離がなくなりそうだった。

「俺が嫌いだからというわけではなく」

「……花に酔われてますね、永季様」

「酔ってなど――」

「でなければ、私を殺したくて仕方ないんですね」

紅林は視線を上げ、永季の赤い瞳を正面から見つめ返した。

「不義密通の罪で裁かれてほしいんですね」

怯《ひる》んでは駄目だ。ここで一瞬でも隙を見せれば、彼は腕の突っ張りなど簡単にねじ伏せてくるだろう。元より、自分の押し返す力など、彼の力に比べれば無いも一緒なのだから。

永遠の如き数瞬の後、腰に巻かれていた永季の手が離れた。

良かった、と紅林はほっと胸をなで下ろす。

永季の手も離れ、ようやく二人の距離が正常に戻る。

永季は立てた片膝に頰杖《ほおづえ》をつき、明後日《あさって》の方向へ鼻から溜息を漏らしていた。

「それに私、永季様のことを全然知りませんし」

「聞いて面白い話じゃないさ」

それはつまり、言えないということなのか。

自分にも言えないことのほうが多いし、無理に聞こうとは思わなかったが、それでもやはり突き放された感は否めなかった。

訪れた沈黙が落ち着かず、紅林はソワソワと視線を彷徨わせてしまう。

「……紅林は、何故後宮に来たんだ」

「何故……？」

「やはり、皇帝の寵を求めに、か？」

彼の顔は依然として明後日を向いている。

「私が宮女になったのは、花楼の店主に売られたからです。でなければこんなとこ、自ら望んでなんて……」

「紅林は皇帝とそのような関係になるのは、望んでいないということか」

チラ、と赤い瞳だけが目の内側を滑り、紅林に向けられた。

そのような関係の意味が分からないほど、紅林も子供ではない。永季もそれは承知した上での発言だろう。

しかし、紅林は向けられた彼の視線に耐えられず顔を俯けた。そういうことを理解していると思われるのが、この上なく恥ずかしかったのだ。

「え……永季様は、陛下に会われたことはありますか？ どのような方でしょうか」

「知ってはいるが、どのような人物かは……」

「冷帝だなんて言われますが」

「衆評が全部正しいわけでもあるまい」

確かにそれもそうだ。

世間では母は悪女だったが、本当は悪女とはかけ離れたところにいたのだから。

所詮、人の噂話など当てにならない。

「でも、陛下は後宮を焼きました」

永季の纏う空気が張り詰めたのが分かった。固唾を呑む音も聞こえた。

「千人もの女や官達を灰にしたんです」

残ったのは自分と、おそらく石や鉄という燃えなかったものだけ。

「何故陛下は後宮を訪ねられないのでしょうか」

林王朝の後宮を更地にして、せっかく自分の後宮を作ったというのに。

「紅林は、皇帝が気になるのか」

「ええ、気にはなります」

頬杖から顔を浮かせた永季。驚いた、と点になった瞳が言っていた。どこか、瞳の赤色がキラキラと輝いて見える。

しかし、それも一瞬。

「嫌いな人ですから」

紅林の言葉を聞いて、永季の表情は変わらなかったが、赤い瞳からは温度が失われたように見えた。やはり、自分の主人を嫌いだと言われ、いい気はしないのだろう。

それでもお構いなしに、紅林は続ける。

「彼は、私がこの世で一番憎んでいる人です」

永季の赤い瞳の中で、はっきりと彼の瞳孔が揺れたのが分かった。

「……一度も会ったことがないのにか」

「会いたくもありません」

そうか、と言ったきり、永季は別れるまで喋らなかった。

◆

関玿は力ない足取りで部屋へとたどり着くと、そのまま寝台へと倒れ込んだ。

上質な掛布が肌を心地よく撫でるのだが、正直まだこれには慣れない。

地方兵だった頃は家でもゴワゴワの掛布が当たり前だったたし、反乱軍を率いるようになってからは野営ばかりで、そうなると掛布などないのが普通だった。

皇帝とは、この世の権力の頂点に立ち、全てを手に入れることができる人物とされている。

「ハッ……何が全てだ……」

感情の整理が追いつかない。

「こんなことになるなら、最初から後宮になんか行かなければ良かった」

安永季の小言から逃げるための、ただの証拠作りだった。

しかし、後宮に行ったから彼女と会えたのも事実だ。もし、正式な手順を踏んで後宮に行っていれば、一生その存在を認識しないままだったはず。

関玿はごろりと仰向けに転がり、腕で目元を覆った。

いつも暗闇の中に浮かび上がるのは、白い髪の彼女だ。

幻影の彼女は、紅玉がはまった歩揺をこちらに差し出して、「挿してくださいますか」と控えめな視線を送りながら尋ねてくる。

あれは間違いなく彼女の心だった。

迷惑だったかと聞いた自分への、いじらしい返答。

目尻をうっすらと色づけた彼女が可愛くて、愛くるしくて、清らかで。

あの時、紅林を抱き潰さなかった自分を褒めてやりたい。

だが、結局は我慢できず……というより、『自覚させないと』という衝動に駆られてしまった。

紅林はよく目立つ。

白い髪だからというだけではない。他にも紺や亜麻色、黒など様々な色の髪の女がいるが、彼女は色が目立つというより存在が目立った。

真っ直ぐに伸びた背筋に、細く長い首。抱けば折れてしまいそうな柳腰は、歩くたびに艶美に揺れ、挙措は楚々として、着るものが違えば妃嬪と見間違うような気品が溢れていた。とても流民だったとは思えない。

そうなると当然、欲をもって彼女を見る輩《やから》も増えるわけで……。

特に、紅林が市に現れてからは、よく衛兵達の雑話にのぼっていた。

あまりにもくだらない話の種に紅林が使われているのを聞いた時は、全員、獄に入れてやろうかとも思った。

彼女は、自分に向けられる視線は全て、負の感情によるものと思っているようだが。

ここに、それ以外の感情を抱いて見ている奴がいるというのに。あまりにも危機感がなさすぎるし、気付かなさすぎる。

だから、彼女を想う者がいることを分からせてやりたかった。

特に、自分がそれだと。

不意打ちと言えど、昨日の口づけに抵抗は見えなかったから、てっきり自分を受け入れてくれるものだと思っていたが、今日は拒まれてしまった。

「たちの悪い女人に捕まってしまったな」

何を気にしているのか、まあ、理解はできる。

彼女は自分の正体など知りもしないのだから。

だが、知らないおかげで、あんな台詞を聞くことにもなったのだが。

「……嫌い、か……どうしたものかな」

関玿は胸の痛みから気を遠ざけるように、折り曲げた指の背を額にコツンコツンと落とし思案していた。

すると、部屋の外から入室の声が掛かる。

聞き飽きた声に、関玿がおざなりな許可を出せば、やはり姿を現したのは安永季であった。

「あら、珍しいですね。どこか具合でも悪いんですか？」

日が高いうちから寝台に寝転ぶ関玿を見て、安永季は目を瞬かせ早足で近寄る。

「乞巧奠はもうすぐなのですから、体調は万全にしていただかないと。侍医を呼びましょうか」

「いや、病ではないから大丈夫だ」

関玿は身を起こし、寝台の縁に腰掛けた。

「では、やはり乞巧奠が原因ですか？　しかし、これぱかりは後宮に行く行かないとは違い、祭祀なので出てもらいませんと」

「まあ、それは納得して……」

関玿は途中で何か思ったように言葉を切った。

「永季、乞巧奠ではどのくらいの女人が宴殿に上がれる」

「夜空の下で儀式が行われるのが乞巧奠の目玉ですから、宴殿の中に席を設けられるのは、陛下と四夫人。あとは宴殿の正面の広場に祭壇や舞台を整えますので、その周囲に残りの妃嬪と、従五品以上の各部省の宮廷官といったところでしょうか」

「女官や宮女は」

「給仕などで宴殿に入ったりはしますが、座を与えられることはありませんよ。それに陛下への直接の給仕は四夫人がしますから、陛下が直接女官以下の者と関わられることはないかと」

そうか、と関玿は背を丸め、足の間に安堵の息をこぼした。

さすがに、給仕役で自分の酒を注がれた日には間違いなくばれてしまう。

——いつかは、正体を明かさないといけないんだろうが。

その時、彼女はどんな反応をするのだろうか。

知らないうちに皇帝の寵を得ていたと喜ぶのか……いや、彼女の場合そんな浅ましい思考はしない。それどころか、皇帝の寵など欲しくないとはっきり言ったのだから。

——どうして彼女は皇帝が嫌いなんだ。

確か、同じ流れで紅林は『後宮を焼きました』と、皇帝を責めていた。千人もの女を殺したとも。

女子供すら焼き殺す非道の冷帝。やはり、その印象が強いのかもしれない。

どうして自分はさっさと世間に全てを公表しなかったのだろうか、と今更ながら後悔してしまう。

では大人しく諦めるか、と自問するも当然、否という答えしか出ない。

──いざという時は、無理矢理にでも妃にしてしまおうか。

今の自分にはその力がある。

──だが、もし泣いてやめてくれと懇願してきたら……どうしようか。

宮に閉じ込め、毎日食事時に訪ねては、椀《わん》の粥《かゆ》を一匙《さじ》ずつ与え、喉が渇いたと言うのなら水を口づけで飲ませ、髪を梳き頬を撫で、沐浴《もくよく》では頭の先から足の指一本一本まで丁寧に洗うのもいい。甘い言葉を耳元で囁き続けながら寝堕《ねお》ちるまで抱き続け、繻子《しゅす》の掛布で包んで腕の中に閉じ込めよう。

──そうしてドロドロに甘やかして、いかに愛されているか分からせ、俺なしじゃ生きていけないよう──。

「陛下、何か楽しいことでもありましたか？」

「……っは？　急になんだ」

「いえ、お顔が笑われておりましたから」

安永季の言葉に、関玿はハッとして口元を手で覆った。

――笑っていた、だと……。

ハハッ、と関玿は自嘲した。

自分の中にも、このような浅ましく黒い感情があると知れば笑わずにはいられなかった。

自分は権力には無欲で、少なくとも今までの皇帝とは違うという自負があった。むしろ高尚であるとすら思っていた。

しかし、これでは末喜《ばっき》や媛貴妃《えんきひ》にうつつを抜かした彼《か》の王達と同じではないか。

狐憑きなど単なる昔話だと思っていたが、もしや本当に……とすら思ってしまう。

果たして、自分は妖狐に『魅了』されてしまったのか。

――馬鹿馬鹿しい、これは俺の感情だ。彼女は関係ない。

だが忌々しいことに、傾国に溺れる気持ちが多少なりとも理解できてしまった。

「あ！　分かっちゃいましたよ。ふふふ、ずばり歩揺の姫のことでしょう！」

関玿の心の内など露知らず、突如、したり顔で陽気な声を上げた安永季。

「歩揺の姫？　なんだそれは」

「ほら、紅玉の金歩揺ですよ。陛下があれを贈った相手ですって。手元になさそうですし、いったいどこのどなたに渡したんですぅ？　もし、妃嬪以外の方でしたら、今すぐにでも冊封を、城外の町娘でしたら入宮の手続きをしますよ！」

「阿呆《あほ》らし」

ふひひ、と気色悪い笑いを漏らす安永季を湿った眼差しで一蹴し、関玿はその話は終わりだとばかりに手を振った。

「それより、内侍省から失せ物に関しての報告は何かあったか」

「やはり、侍女易葉の時とは違い、証拠品がないもので犯人の特定はできないということです」

仕事の話になると、途端に安永季も声色を変える。

「……予想通りか」

「え、何か仰《おつしや》いました？」

「独り言だ」

「大理寺《だいりじ》を入れましょうか」

後宮内の犯罪については、内侍省が捜査権と逮捕権を持つ。しかし、ことが大きいものとなれば、宮廷全体の犯罪を取り締まる専門部省である大理寺に頼ることもある。

「いや……内侍省の面子《めんつ》もあるし、大理寺を入れて後宮内部を騒がせたくない。引き続きこの件は内侍省に一任する」

「かしこまりました」

その後、いつも通り各部省の報告を終わらせ、安永季は部屋を立ち去ろうとする。すると、関玿から待てとの声が掛かった。

「永季、名を交換しろ」

今までの会話からかけ離れた突然の提案に、安永季は思わず「はあ⁉」と、旧来の口調を出してしまう。

「思いつきで横暴になるの、やめてもらっていいでしょうか」

「お前の名ばかり呼ばれて腹が立つんだよ」

「私の優秀な頭脳をもってしても、仰っている意味が全く分からないのですが」

彼女が名を呼んでくれていると言っても、所詮は偽りの名。

名乗る時、とっさに一番身近な者の名が口を突いて出てきてしまった。安永季に罪はないと理解してはいるものの、彼女に様々な声音で名を呼ばれ続けているのは腹立つ。こうなるのであれば、全く別の名か、同姓同名だということにして自分の名を伝えるのだった。

「お前の名は今からただの安だ」

「理不尽この上ないですね」

4

乞巧奠も当日を迎え、後宮は準備期間とは比べものにならないほどの忙しさだった。

一通りの儀式が終われば、あとは行事という名の酒宴だ。

宴殿では舞が披露され、舞台の周囲では、妃嬪と官吏達の歓楽の宴が繰り広げられている。

日が傾き茜色《あかねいろ》と紺色が空を二分すれば、地上で焚《た》かれている数多の蠟燭《ろうそく》の光量が増す。薄暗い宴殿を足元から照らし、まるで夜空に輝く天の川を映したような煌びやかさだった。

昔から後宮祭祀として行われているそれは、かつて紅玉《こうぎょく》だった時に紅林も出席した覚えがある。前日に念入りに髪を黒く染め、儀式中も酒宴中も、存在をひたすら薄くするためにほとんど発言もせず俯いていた。

いかに自分の息子を皇太子にするかしか頭にない妃嬪と、皇帝の傀儡師であった当時の宰相の桂長順《けいちょうじゅん》と取り巻きだけが、酒宴で楽しそうに騒いでいたのを覚えている。

今思い出しても、不愉快な光景だ。

「はいはい、嫌なことは忘れる忘れる」

そんな中、紅林はというと調理場の裏にいた。

地面に並べられた盥《たらい》には、上等品の食器達が浸《つ》かっている。洗っても洗っても、酒宴で使われた食器が「これもヨロシクネー」と、無遠慮に盥に投げ込まれていく。

女官、宮女、総出で酒宴を回していた。

バタバタと料理を運んでいく女達を横目に、紅林は不安げな息を吐いた。

「朱香、体調悪そうだったけど大丈夫かしら」

やはりあれからも朱香の体調が回復することはなく、今日などいつにも増して蒼い顔をしていた。それでも彼女は大丈夫だと言って、尚食局で割り振られた役目についている。

「代わって休ませてあげたいけど……私じゃ配膳はできないし」

後宮内では、紅林の存在は当然のものとなっているが、後宮と関わらない宮廷官達は露知らぬこと。

後宮に狐憑きがいると知れば、酒宴どころではなくなる可能性があった。

「一段落したら様子見にでも行きましょ」

とは言いつつ、さて、様子見に行けるのはいつになることやら、と紅林は目の前に広がった桶《おけ》群に口元を引きつらせた。

「ぎゃんっ！　ちょっと、あんたどこに落としてんのよ⁉」

ザブザブと食器を洗っていると、厨房《ちゅうぼう》から料理人の面白い悲鳴が聞こえた。

「なんでよりによって竈《かまど》の中に茶碗を落とすのよ！　だから、端によけておきなさいって言ったでしょ！　焼けて使えないじゃない」

「だ、大丈夫だって、洗えば使えるって。紙と違って茶碗は燃えないんだし」

紅林は、裏口から厨房の中をひょいと顔を覗かせ窺った。

どうやら、鍋を上げた拍子に、近くに置いていた茶碗が火口から竈の中に落ちてしまったようだ。姐御《あねご》っぽい女官と妹っぽい女官二人が顔を傾け焚口《たきぐち》を覗き込んで、火かき棒で懸命に掻きだしている。

やはり厨房もてんやわんやしていた。

次々に料理が仕上げられ、女官が毒味をして可が出たものがどんどんと運ばれていく。酒もアレに入れろコレに入れると、酒壺一つで大変な狂騒だ。

間違っても竈に落ちる者が出ないといいが。

「っよいしょ！　ほら、燃えてない！　無事！」

どうやら竈の中から茶碗を救出できたようだ。地面に転がした茶碗を見て喜んでいる。

「馬鹿ねえ。ほら、見てごらんなさい、どこが無事なのよ。焦げちゃったじゃない」

「こんなの水で洗えばとれるって…………って、あれ？」

妹っぽい女官は黒くなった茶碗を前かけで掴んで、近くの水桶に放り込んだのだが、
彼女の声を聞く限り、言った結果にはならなかったようだ。

「ほら見てみなさい。煤《すす》が焼き付いちゃったじゃないの」

あーあ、と呆れた声を出す姐御女官。

「もうこれじゃ使い物にならないわね」

姐御女官は妹女官から茶碗を取り上げると、ぽいっと地面に放り捨ててしまった。ゴロゴロと茶碗は転がり、裏口——紅林の足元で止まる。

「さ、新しいのに替えて、さっさと準備しましょ」

女官達は無駄のない動きで調理に戻っていった。

紅林も早く持ち場に戻って盥を空にしなければならないのだが、しかし、紅林はそこを一歩も動けなかった。

紅林の視線は、足元に転がっている焼けた茶碗だけに注がれている。

「……これって……」

本来ならば美しく輝いていただろう、五色の金華模様の茶碗。

しかし、今は火に焼けた部分のみ変色していた。

　まるで、黒いもやみたいに。

「朱香、まさか――⁉」

　紅林は食器が大量に入った盥など見向きもせず、一目散に宴殿へと走り出した。


　宴殿の方から、女達が空になった食器や杯を手に戻ってきていた。

　紅林はその一団の中に朱香がいるのを見つけ、脇の生け垣の中へと引っ張り込んだ。

「うわ⁉――って、こ、紅林……？」

　どうしたの、と朱香が口にする前に、紅林が口を開く。

「ねえ、今あの酒壺はどこにあるの」

「さ……さあ……」

　腰を引いて紅林から距離を取ろうとする朱香を、紅林は彼女の肩を掴むことで制す。

「思い出して、朱香！　でないと、あなたまで大変なことになるわよ⁉」

「――っ！」

　朱香が息を呑んだのが分かった。

　視線は紅林を見ているようで、微妙にずらされている。

「その反応……知ってるのね⁉　あれがなんだか」

紅林の、朱香の肩を摑む力が強くなる。

身体を揺らし、朱香に返答を求めるも、彼女は紅林から視線を切ったまま口を引き結んでいた。

「いえ、待って……あれは確か朱貴妃様から預かったんじゃ……じゃあ朱貴妃様が？」

朱貴妃の名を出した瞬間、逸らされていた朱香の瞳が紅林を正面から捉えた。

今度は朱香のほうが紅林の肩にしがみつくようにして迫る。

それは、先ほど紅林が迫った時よりも真に迫っていて。

「――っ助けて……紅林」

蒼ざめた顔で、朱香は懇願を口にした。

◆

後宮に女達が入って初めてその役目を果たす宴殿は、静かに扉が閉ざされ、閑散とした風が流れるいつもと違い、今こそが本領とばかりに煌びやかに輝き、老若男女の楽しげな声に花を添えていた。

朱色の柱は、蠟燭の灯《あか》りに照らし出され色をさらに濃くし、地上の灯りと天空から天の川の光に照らし出された宴殿の橙《だいだい》屋根が夜空に浮かび上がり、まるで天上にいる二星に、ここであなた達を祭っているぞと教えているようだった。

広場の中央には、菓子や果物、五色の糸や色とりどりの花が飾られた祭壇が置かれ、その左右に、四夫人を除く妃嬪達と宮廷官の宴席が設けられている。

そして、宴殿の中には皇帝と四夫人のための宴席がある。中央に皇帝を置き、彼の両隣に貴妃と淑妃、さらにその両隣に徳妃と賢妃が並ぶ。

夜になり酒も入れば、厳かだった空気も散漫なものとなっていた。

「賢妃の宋美応《そうびおう》でございます、陛下。こうしてお目にかかれて幸甚の極みですわ」

緩みはじめた空気をいち早く察した宋賢妃が、我先にと皇帝へ言葉を掛ける。

「後宮の奥でずっと陛下をお待ちしておりましたのに……陛下ったら、一度もお顔を見せてくださらないんですもの」

綺麗に紅が引かれた口に緩やかな弧を描く宋賢妃は、四夫人に相応しい色香を漂わせていた。

しかし、皇帝はふっと鼻で軽く笑っただけで、他の宮廷官達と違い彼女の美貌に鼻の下を伸ばしたりしない。

「それはすまなかった。やるべき用というものが朝夕問わず来るものでな。私に仕事を持ってくる安宰相が文句なら受け付けてくれるだろうさ」

「まあ、文句など……ただあたくしは、不安で寂しくて心がちぎれそうな日々を過ごしていたということを知っていただきたかっただけですわ」

甘えた声を出す宋賢妃に、李徳妃《りとくひ》は視線を切って俯きがちに笑んでいた。景淑妃《けいしゆくひ》と朱貴妃は杯を傾けながら沈黙を守っている。

「しかし、こうして陛下に見《まみ》えることができました今となっては些事《さじ》でしたわ。巷の噂などあてにしたことなどありませんでしたが、陛下は噂以上に素敵なお方」

「噂……ああ、冷帝というあれか。女子供も無情に焼き払った冷血漢という」

四夫人の間に緊張が走った。

対して皇帝は、意に介した様子もなく杯をあおる。

杯を口につけたまま、皇帝の瞳だけが流れるように宋賢妃に向けられれば、彼女はハッとして慌てて否定の言葉を口にする。

「ま、まさか！　そのような意味はございませんわ。……ただ、後宮では陛下が女人にご興味がないのかと憶測が広がっておりまして……」

皇帝は鼻で嗤《わら》った。

「女人に興味がないわけではない。ただ、後宮に興味がないだけだ」

「し、しかし、この栄名なる関王朝の繁栄にはお世継ぎは必要かと」

「確かに、それもそうだ」

宋賢妃の顔色がぱあっと晴れやかなものになる。

しかし、それも一瞬。

「だが、相手は後宮内とは限らないがな」

この言葉には、宋賢妃だけでなく李徳妃も顔を引きつらせていた。杯を握った手が震え、口から出そうになった言葉を飲み込むように、残りの酒を一気にあおっていた。

皇帝が置いた杯がコンと虚しい音を立てる。

「陛下、杯が空に……」

隣にいた朱貴妃が真っ先に気付き、近くにいた女官に次の酒を早く持ってくるようにと言う。皇帝の杯が空いたことで、他の四夫人達もまだ残っていた酒を空にした。

そうして次に運ばれてきた酒を、朱貴妃が手を伸ばして受け取る。

運ばれてきた酒壺を見て、皇帝は小さな感嘆を漏らした。

「まるで夜の叢雲《むらくも》がかかった素月のようだな。取っ手も龍……いや、蛇か？　珍しいものだな」

白地の酒壺は黒いもやが全体的にかかっており、歪な照りを発している。皇帝は朱貴妃の手の中にある酒壺を、まじまじと興味深そうに眺める。

「では、こちらはわたくしが……」

クスと微笑し、朱貴妃はまず皇帝の杯に酒を満たす。席を立ち、次々と四夫人達の杯にも注いでいく。

「あらぁ、申し訳ないですわぁ。貴妃様にお酌をしていただけるだなんて、きっとこちらのお酒は格別に美味なことでしょう」

「まあ、わたくしが注いだことでお酒が美味しくなるのであれば光栄ですわ」

嫌みったらしく言う宋賢妃に対し、朱貴妃は笑顔でさらりとかわす。

そうして最後、朱貴妃自身の杯に酒を満たせば、ちょうど酒壺は空になった。

卓に酒壺が置かれ、朱貴妃が杯を手にすると、皇帝が「では」と杯を上げる。合わせるように四夫人達も小さく杯を上げ、そのまま口に運ぼうとした。

「きゃあッ！」

が、突如、悲鳴と共に場にけたたましい音が鳴り響いた。

皆驚きに目を剝《む》き、動きを止める。

配膳の宮女が、酒宴の卓にしがみつくようにして突っ伏していた。

卓の上に乗っていた料理や酒壺は床に転がり、それぞれの衣を汚している。

「陛下！　ご無事でしょうか⁉」

宰相席にいた安永季が疾風の如く皇帝の身を庇う。

「――っな、何をしているのだ！　陛下のおわす席を乱すなど、無礼千万であるぞ！」

「申し訳ございません、申し訳ございません」

勢いよく立ち上がった李徳妃が怒声を落とせば、宮女は急いで卓から身体をおろし、そのまま床に額《ぬか》ずいた。頰かぶりをした宮女は、身体を震わせ何度も「申し訳ございません」と繰り返している。

「あ、足がもつれてしまいまして……」

どうやら宮女は、裾を踏んづけて転んでしまったようだ。

偶然目の前にいた朱貴妃も巻き込まれ、酒杯を落とし、後方へと倒れ込んでいた。隣の皇帝が手を差し出し、朱貴妃の身体を起こす。

「大事ないか、朱貴妃」

「はい、驚いて体勢を崩しただけですから。ありがとうございます。わたくしは大丈夫ですが、ただ、食膳が……」

卓の上も床の上も、とうてい酒宴を続けられる状態ではなかった。

「片付けを呼べ。それと妃達に怪我はないか確認を」

安永季は「ハッ」と短い返事をすると、宮女を呼びに宴殿を出た。

宴殿でけたたましい音が上がり、宰相が慌てて出て行ったことで、宴殿の外にいた者達も何かしらの問題が起こったことを把握する。

乞巧奠に集まっていた全ての者が今、宴殿内部で跪《ひざまず》いている宮女に注目していた。

皇帝は未だに顔を伏せている宮女に視線を向け、平坦《へいたん》な声で告げる。

「もう良い。わざとではあるまいし、そなたも顔を上げよ」

「感謝いたします、陛………」

恐る恐る顔を上げた宮女──紅林は、自分が陛下と呼んでいた男の顔を見て言葉を失った。

美しい黒髪が背に流されているわけではない。

着ているものは短袍でもなく、武具を纏っているわけでもない。

しかし、紅林を見つめる瞳は、雛芥子《ひなげし》を思わせる赤色。

「永季……さ、ま……」

震えた唇から発せられた声は、やはり同じく震えていた。

そして、それは皇帝──関玿も同じこと。

「………っ紅林」

悲しそうに顔を歪めた関玿の声は、やはり哀感に掠れていた。

紅林の耳の奥では、ずっと同じ言葉が繰り返し鳴り響いていた。

『彼は、私がこの世で一番憎んでいる人です』

紅林の片方の目から、静かに落ちた雫が頬をつたう。

濡れた頬を拭う間もなく、紅林は駆けつけた衛兵に引きずられて宴殿から出された。

拍子に、はらりと落ちた頭の手ぬぐい。

誰かが背後で「狐憑きだ」と呟いていた。

【四章・黒幕と冷帝】

1

内侍省建屋の一室。

宴殿での騒ぎの処理を終え、円仁《えんにん》と順安《じゅんあん》は長牀にどっしりと腰を下ろした。

「まさか、こんなことになるとはですね」

「多少の問題は想定していたが、宮女が突っ込んで酒宴を台無しにするとは、完全なる想定外だったわ」

宙に放った二人の溜息には疲れが色濃く滲んでいる。

「その宮女が狐憑きとは……」

「狐憑きに問題を起こされるとは思わなんだわ」

「しかも、今回は少々ややこしくなってしまいました」

円仁は足に肘を突き、前髪を掻き上げるようにして額を押さえた。

「まさか、朱貴妃《しゅきひ》の杯に毒が入っていただなんて」

紅林《こうりん》が衛兵に連れて行かれたあと、場を片付けるために宴殿の中にいた者達は一度外へと出たのだが。その時、こぼれた料理の匂いに誘われて鼠《ねずみ》が入り込んでしまった。

鼠は卓の下に落ちた料理を食べながらあちらこちらへと走り回り、そして同じく床にこぼれた朱貴妃の酒をチロッと舐めたのだ。

途端に鼠は痙攣《けいれん》を起こした。

首を絞められたような呻きを漏らしたあと、酒の中に倒れて動かなくなってしまった。

それを見ていた皇帝や宰相は、片付けの宮女ではなく内侍官を呼び、四夫人は悲鳴を上げて顔を蒼くしていた。

そうして、乞巧奠《きこうでん》はそのまま急遽《きゅうきょ》終わってしまった。

「しかし大丈夫でしょうか、順安殿。せっかく失せ物の件を陛下が我々に一任してくれたというのに、今回の件で大理寺を引っ張ってこられたら」

「なぁに、大丈夫さ。酒壺の回収もこちらでやったんだ。しっかりと調査して、結果を報告すれば問題ない。我らが黒と言えば黒だし、白と言えば白なのだから」

確かに、と円仁はほっと息を吐いた。

「それにしても、本当に順安殿は不思議なお方ですね。頭の回転も速く、機転も利く。今までどうして世に出なかったのか。臥龍《がりょう》とはまさしく順安殿をいうのでしょうね」

ははは、と順安は嬉しそうに膝を叩いて笑った。

「嬉しいことを言ってくれる。だが……そうだな、私は龍のように天へ昇るより、蛇のように地べたを密かに這っているほうが好きなのだよ」

「変わった御仁だ」

順安の卑屈な例えに、円仁は首を傾げたが、往々にして頭の良い者は他者と異なるものだと納得した。

「円仁殿、砂山を作ったことは？」

「は？　あーまあ、ありますが。幼少の頃などよく庭で」

「では、砂山を崩したことは」

「まあ、そりゃあ。山を作ったままだと親に叱られましたからね。邪魔だと」

「ならば、他人の砂山を崩したことは？」

何を聞かれているのだろうか、と思いつつも円仁は、大人しく順安の質問に「ないですが」と答える。

すると、順安は嬉しそうに目を細めて頷いた。

「一度、他人の作った砂山を踏み潰してみるといい。作るよりも楽しいことに気付く」

やはりこの部下は普通とは何か違う、と円仁は面体で顔の半分を失くした男を、少々不気味に思ってしまった。

◆

乞巧奠の騒ぎは、ただの宮女の粗相——で話は終わらなかった。

「全て調べたか、永季《えいき》」

「はい。出された料理から酒まで全て。その中で毒物が出たのは、朱貴妃の酒からだけでした」

「なんの毒だ」

「冶葛《やかつ》だと」

「殺す気満々だったというわけか」

冶葛は薬草としても使われるが、その本質は毒である。黄色く小さな花を咲かせ、一見すると毒とは思えない愛らしい見た目をしている。根は薬となるのだが、若芽の部分には強力な毒を有しており、万が一、体内で吸収されると呼吸障害を起こし死に至らしめる取り扱い注意の危険薬草の一種である。

執務机を指で叩きながら黙考する関玿《かんしょう》。一定間隔を保って奏でられる音は、彼の思考の深さを表している。

「全員、確かに同じ酒壺から酒は注がれていた。全て朱貴妃が同じように注いでいた。その間、一度たりとも酒壺に酒が追加されることはなかったし、誰かが杯に触ったということもない……なのに、毒が入っていたのは朱貴妃の酒のみとは」

「杯に直接毒物が塗られていたのでは」

一つの可能性を提示した安永季だったが、しかしすぐに関玿が否定する。

「いや、その前も同じ杯で彼女は酒を飲んでいた。もし、杯に毒が塗られていたのなら、彼女は既に倒れていないとおかしいことになる」

眉間に大河を彫った男二人は顔をつきあわせ、うーんと唸り声を漏らす。

「そうだ、あの黒い酒壺は？」

思い出したと声を出した関玿に、安永季は手にした調査報告の紙束を素早く捲っていく。

「えっと、それでしたら内侍省が回収して、既に調査が終わっているようです」

「結果は」

「酒壺の中に酒は残っておらず、酒の中に毒が含まれていたかは分からないが、少なくとも、酒壺の内側から毒物の反応はなかったということです。ああ、あと毒味役の女官も体調に変化はないそうです」

さらに関玿の眉間が狭まった。

「つまりは、本当に朱貴妃の杯にしか毒は入っていなかったということか」

関玿と安永季の思いは同じだった——『いったいどうやって』。

同じ酒壺から同じ酒を注いで、一つだけ毒入りにできるものだろうか。

少なくとも二人は、そのような神仙が使う方術の如き技を知らない。

「毒の件は、誰にも被害がなかったから良かったものの。やはり、犯人を特定しないことには、今後は食事一つまともにとれなくなるな」

「急ぎ、内侍省に最優先で調査するように指示します」

「頼む」

毒の件の報告はこれで一段落したが、関玿にはもう一つ気がかりなことがあった。

「その……あの宮女はどうだ」

あの宮女と言われ、すぐに安永季は誰か思い至る。

乞巧奠の日から、ずっと彼はひとりの宮女の様子を気にしているのだから。

「紅林という宮女でしたら、まだ獄に入れられております」

そこまで言うと、安永季は「そうだ」と報告書を捲った。

「追加報告がありました。尚食局の女官の言なのですが……彼女、実は配膳係ではなかったそうです。当日は人手が足りず、宮女も配膳係として駆り出されていたようですが、彼女はやはりその髪色から、裏方の洗い場を任せられていたようでして」

「そうなのか」と、関玿は目をわずかに見開いて驚きを露わにした。

紅林は、本来の役目ではない配膳係をやっていた。

どうしてなのか。

普通に考えれば、人手が足りなくなって駆り出されただけの偶然だと思うだろう。

――それとも、わざと配膳係に？　そのような意味のないことをする者など、普通に考えればあり得な……。

いや、彼女ならあり得る。

彼女は普通ではないのだから。

今までの紅林の奇妙な勘の良さ。博識ぶり。落ち着き払った態度を鑑みれば、彼女が無意味なことをするとは思えなかった。

今回の行動にもなんらかの意味があったのでは、と思える。

――もしかして、彼女は朱貴妃の杯に毒が入っていると気付いていたのではないのか。

まず、紅林があのような場で粗相をするとは考えにくい。

一挙手一投足に気品がある者だ。

そんな彼女が、今更襦裙に足を取られたりするだろうか。

脳裏に、当時の情景が思い起こされる。

小さくなって震える宮女。

上げた顔は、自分が見間違えるはずがない彼女のもの。

目が合えば、彼女は眦《まなじり》が裂けそうなほど目を見開いていた。

「彼女……俺のことを何か言ってはいなかったか……」

「いえ、特に衛兵からそのような報告は」

「そうか……」

関玿は席を立ち、長い足を大きく動かし部屋を出て行こうとする。

「陛下、どちらへ⁉」

「何故宮女が配膳することになったか、直接聞いたほうが早いだろ」

安永季の返事も聞かず、関玿は冷宮へと向かった。

◆

紅林は酒宴を乱したということで、処罰が決まるまで冷宮の一画にある獄に身を置くこととなった。

することもなく、茣蓙《ござ》が敷かれた座臥具《ざがぐ》の縁に腰掛ける。

「なあ、聞いたかい。新しく獄に入った女……どうやら陛下の不興を買ったようだよ」

「この間の侍女は盗みだって聞いたけど、今度の女はどんなのだい？」

「それがさあ、噂じゃ白い髪をしてる女だってさ」

「白い髪⁉　狐憑きってことかい……ああ、そりゃあ陛下の不興を買うはずだよ。自分の治世に狐憑きなんか現れたら嫌なもんさ。ましてやそれが後宮にいただなんてね」

「また前の侍女みたいに、乱心しないといいんだけどねえ」

「ああ……あれはうるさかった。ま、狐は洞穴《ほらあな》に住むっていうし、獄も穴も変わりないさね！」

あははと、遠くに聞こえる冷宮の下女達の笑いも耳に入らないといった様子で、紅林は牢屋《ろうや》の中で膝を抱えていた。

嗤われるのには慣れている。だから、気にすることもない。

「ただ……」

紅林が今気にしていることは、外がどのような状況になっているかだった。

朱香《しゅきょう》が紅林に助けを求めた時、彼女は朱貴妃が間違いを犯そうとしていると言った。

普通の者ならば、唐突すぎて意味が分からない言葉だろう。しかし、紅林は間違いが何かを瞬時に察することができた。

朱香が預かった酒壺が、どういうものかを知っている紅林なら。

だからこそ朱香は、紅林に助けを求めたのだろうし。

「あの酒壺……朱香は朱貴妃様から預かったって言ってたわ。じゃあ、朱貴妃様はいったいどうやって手に入れたのかしら」

『双蛇壺《そうだこ》』など。

あれは普通に生きていて手に入るものではない。

ましてや、前王朝時代に城下で暮らしていた者が持っているはずがないのだ。

双蛇壺——それはかつての後宮にあり、一切の使用を禁じられ倉に封印されていた酒壺なのだから。

どうりで見覚えがあったはずだ。

かつては乳白色の酒壺だったが、黒く変色していたのは、きっと火に巻かれたからだろう。

「あのあとすぐに牢屋に入れられたもんだから、皆がどうなったのか全然分からないわ。ここの衛兵に聞いても、きっと後宮内部のことなんて分からないでしょうし……」

何気なく言った言葉だったが、『衛兵』という響きに、紅林の意識は宴殿でのあの瞬間に引き戻される。

「——っ駄目！」

しかし、彼の顔が思い浮かぶよりも早く、紅林は首を振って記憶を追い出した。

「最悪……本当……どうしてよ……」

彼は、どうしてあの場にいたのか。

どうして禁色である紫の長袍を纏っていたのか。

もしかしたら、彼に似ている全くの別人かもしれない。

『………っ紅林』

しかし、彼は確かに自分の名を呼んだ。何度も何度も呼ばれた同じ声で。

いい加減、認めなければならない。

彼は——永季と名乗っていた男は、皇帝・関玿だったのだと。

彼が何故、衛兵として後宮をうろついていたのかは分からない。

「いえ……分からなくていいのよ。どうせ、二度と会うこともないんだから」

紅林は後頭部にそっと手をやった。指が触れればシャランとか細い音が鳴る。

「どういうつもりで、こんな物を渡したのよ……っ」

彼の瞳の色と同じ貴石のはまった歩揺をそっと引き抜き、隠すようにして紅林は握りしめた。

2

抱えた膝の上に顔を埋め、どれくらいが経っただろうか。

コツン、コツンと近づいてくる足音で、紅林は意識を現実に引き戻した。

石作りの牢屋の中では、足音一つでもよく響く。それがいくつか。複数人でやって来たということは、食事というわけではなさそうだ。

足音が止まったことで紅林が顔を上げれば、鉄格子の向こうにいたのは、もう会うことはないと思っていた男。

「永——っ」

思わず永季と呼びかけて、すぐに口をつぐむ。

「……陛下に拝謁いたします」

床に額をついた紅林に、関玿は顔を苦しそうに歪めた。

「やめてくれ、紅林。顔を上げてくれ」

「仰せのままに」

身体は起こしたが、依然として紅林の視線は足元に向けられている。

「聞きたいことがある」

「なんなりと」

紅林が他人行儀に喋るたび、関玿の表情は苦々しいものとなっていく。

「何故、配膳などしていた。女官によれば、紅林は洗い場が担当だったという話だが」

「配膳係となっていた同僚の宮女が、突然体調を崩しまして。それで私が代わりました」

そうか、と関玿は頷き、奥にいる藍色髪の男が紙に何かを書き付けていく。

「では、もう一つ。紅林は朱貴妃の杯に毒酒が入っていたのを知っていたのか」

弾かれたように紅林の視線が上がった。

宴殿でのあの瞬間以来、初めてまともに二人の視線は交わった。互いに、瞳に多少なりの驚きを宿し見つめ合う。

「……そのようなことは。あの、毒が入っていたのは朱貴妃様の杯だけだったのでしょうか」

関玿が頷けば、紅林の視線は何かを探るように右へ左へと揺れたあと、また足元へと落とされた。口元に当てられた指は、彼女が思索していることを表している。

「何か気付いたことでもあるのか、紅林」

「いえ……ただの宮女如きが分かるはずもありません」

紅林は謙虚に首を横に振る。

「ちなみに使用された毒は冶葛だったようだ」

「冶葛……！　それはまた随分と殺意の強い……」

「どうやら紅林は冶葛を充分に知っているようだな。ただの宮女であるというのに」

わざとらしい関玿の言い方に、紅林はばつの悪い顔になり、すぐに背けた。

「朱貴妃の杯にだけ毒が入っていた。これは、彼女を害しようとした者が存在するという証拠であり、何事もなかったから良かったと捨て置ける問題ではない。しかし、犯人は未だ分からないときている」

紅林は是と頷いてみせたものの、彼女には毒を盛った犯人の見当は付いていた。ただ、何故彼女がそんなことをしたのか、理由が分からないのだ。

またここで言うことで、誰かに咎が及ぶ可能性もある。ならば、現時点では何も言わないほうが良いと口をつぐんでいたのだが。

しかし、関玿の次の言葉は、紅林をひどく困惑させた。

「だから、当日尚食局で調理配膳に関わっていた者達全員に、罰を与えなければならない」

「――っそれはやりすぎでは⁉」

思わず声を荒らげてしまった。

当日尚食局の調理配膳に関わっていた者となれば、朱香まで含まれる。

「全員冷宮送りとするのが妥当と思うのだが……なあ、安宰相」

どうやら、書き付けをしながら奥に控えていた男は宰相だったらしい。

安宰相と呼ばれた男は、筆を止めることなく「左様で」と同意している。

「そんな……っ」

紅林の顔は俯き、唇は震えていた。

朱香達を守るためにやったのに、これでは本末転倒だ。

「安宰相、席を外せ。他の者達も」

唐突に、関玿が連れの者達に向けた言葉が耳に入ってきて、紅林は「え」と顔を上げた。

「私が出て来るまで外で待て。決して誰も入れるな」

短い返事のあと、複数の足音がバタバタと遠ざかっていく。

音を反響させながらも小さくなっていく足音に、紅林は心の中で「待って！」と引き留めた。しかし、当然ながら足音が戻ってくることはない。

やって来たのは、耳に痛い静寂だけ。

今この場に残るのは、男達が去って行った方を眺める表情の見えない関玿と、牢屋に捕らわれた紅林のみ。

次の瞬間、カチャンと存外に軽い音を立てて錠は外れ、牢屋の扉が軋《きし》んだ音を立てて開けられた。

関玿がその大きな身体を折り曲げ、中へと入ってくる。

ドッと背中に汗が滲んだ。

足音はひとり分しかないというのに、先ほどのバタバタと去って行った足音よりも、遙《はる》かにうるさく感じる。いや、もしかするとこの音は足音ではなく、自分の心臓の音かもしれない。彼が近づいてくるにつれ、胸が痛いほどに跳ねるのだから。

「……っ陛下」

「違う、紅林。名で呼んでくれ」

「しかし、陛下は永季様などという名ではありません」

傷ついたように目を眇め、声を絞る関玿だが、どうしろというのだ。今までと同じでいられるわけがないのは、分かっていただろうに。

座臥具の縁に座っていた紅林だが、関玿が距離を縮めた分だけ、逃げるようにズリズリと後ろへと身体を滑らせる。

「関玿だ、紅林。関玿と呼んでくれ」

王宮に掲げられている旗の文字は『関』であり、かつての反乱軍大将の名は『関玿』である。

紅林はああ、と強く瞼を閉じた。

彼がそれだとは分かっていたが、もしかして、と心のどこかでは甘い希望を抱いていたのも否めない。

目の前まで来た関玿は、片膝をついて紅林と視線を合わせようとするが、紅林は顔を背けあからさまに拒む。

「騙《だま》していて悪かったと思う。だが、決して悪意があったわけではない。名が違うだけで、俺は永季であった俺となんら変わりないつもりだ」

「そんなはず……ありません」

紅林にとっては、衛兵の永季と、皇帝の関玿とでは天と地ほどの差がある。

「あの歩揺は、もう挿してないんだな」

「…………っ」

紅林は胸の前でぎゅっと拳を握った。

不意に頬に温かさを感じ、顔を正面へと向ければ、関玿の手が頬を包んでいた。

「もう一寸たりとも、紅林をこのような場所に置いておきたくない。紅林には、花が咲き誇る妃嬪宮で、お前を害そうとする全ての悪意から遠ざけ、暖かな陽射《ひざ》しの下で俺の長袍に刺繡を入れながら、俺が訪ねるのを待つような生活をしてほしいんだ」

それはきっと、後宮の女達全員が憧れてやまない夢のような生活。

しかし、やはりそれは紅林にとって『夢』でしかないのだ。

皇帝の寵は、必ずしも全てから守る盾にはならないということを、紅林は身をもって知っている。

「なあ、紅林。一言……ただ助けてと言うだけでいい。そうすれば、俺はすぐにでも紅林をここから出してやれる」

「そのようなこと、言うわけがありませんわ」

それでは本当に、自分も狐憑きになってしまう。

皇帝の寵を笠《かさ》に着て、思い通りに全てをねじ曲げた末喜《ばっき》と同じに。

「罰をお与えください。酒宴を乱したのは紛れもない事実なのですから。罰を受ける覚悟ならとうにできております。正しい裁きを受けて表へと戻りたく思います」

それ以前に、彼は後宮を燃やした張本人なのだ。

恨みこそすれ、頼るはずがない。

ハハッ、と関玿は顔をくしゃっとして笑った。

それは『仕方がないな』と言っているようにも見える表情で、紅林は分かってもらえたかと気を緩めたのだが。

「強いな、紅林は。俺の正体を知っても、そこに縋ろうとはしないんだな。その清廉さもまた好きなんだが」

だが、それも一瞬だった。

「あう——っ!!」

肩にかつてないほどの衝撃を受け、紅林はそのまま座臥具の上に倒れ込んだ。背中を強《した》かに打ち、口からは肺から押し出された空気が、「はっ」と掠れ声になって漏れる。

倒れた紅林に跨《また》がるようにして、関玿が覆い被さっていた。

「ここで、お前に俺の寵を与えようか」

空気を震わせるような低い声が、紅林の耳朶《じだ》をくすぐった。

赤い瞳に見下ろされ、紅林はゾクリと全身を粟立《あわだ》たせる。

最初に出会った時のような冷たさを感じる瞳なのに、その奥には池底の泥のようなどろりとした劣情が蔓延《はびこ》っている。

「俺を拒んで罰をと請うお前には、寵《こちら》のほうが罰になりそうだな」

色気を孕んだ声はひどく静かで、二人しかいない薄暗い空間に反芻《はんすう》しては熱い余韻をのこす。

「以前、紅林は宮女も皇帝のものだと言って俺を拒んだが、俺が皇帝なのだから問題はないはずだろう？」

クスと微笑した関玿の指先が、紅林の下腹部を柔らかく押した。

「ふ、ぁ……っ」

ゾワリと背筋を這い上がった未知の感覚に、紅林の口からは、自分でも聞いたことがないような甘ったるい声が漏れる。

思わずカッと顔が熱くなる。

「やっ……⁉　やめ……っ、おやめください、陛下‼」

紅林は関玿の胸を両手で懸命に押し返し抵抗するものの、関玿は意に介した様子もなく、襦裙の腰紐《こしひも》に手を掛ける。

「俺には、お前を無理矢理にでも妃にできるだけの力がある」

紐の端をゆっくりと引っ張られ、結び目がゆるゆると解かれていく。

「――嫌っ！　お願い関玿！　やめてっ、そんなことしないで……お願いだから……関玿……っお願い……」

恐怖と緊張と羞恥とほのかな高揚とで感情が追いつかず、紅林の目からは熱い雫が溢れて目尻を濡らした。

しゃくりあげながら何度も「お願い」と「やめて」を繰り返す紅林を前に、関玿の手もついには腰紐から離れる。

しかし離された手はそのまま拳となって、ドッと紅林の顔の横に落ちた。

「――っどうしてそこまで俺を拒絶するんだ！」

覆い被さり、自分を真上から見下ろしているというのに、彼は今にも泣き出してしまいそうだなと、紅林は思った。

顔の横に置かれた彼の拳は震えている。

「どうしてなんだ、紅林……っ」

切に訴える関玿の声に、紅林は瞼を静かに閉じた。

閉じても溢れる雫はこめかみを濡らし、白い髪をも湿らせていく。

どうして、ここまで想ってくれるのが彼だったのだろうか。

何故、彼とこのような出会い方しかできなかったのだろうか。

――私が狐憑きだから？

不幸を呼ぶと言われる白い髪を持ってしまったからか。

彼が衛兵として後宮に来なければ。

自分が宮女でなければ。

後宮で花など供えなければ。

どれか一つでも欠ければ、彼とは一生言葉を交わすことすらなかったはずだ。なのに、全てが揃ってしまった。

まるで紅林と関玿を出会わせるためのような、綱渡りのような細い縁の糸が結ばれてしまったのだ。結ばれてはならなかったはずなのに。

「あなたが……」

紅林は瞼を開け、濡れた瞳で関玿を見つめ返す。

「あなたが、私を殺したからよ」

息を呑む声が聞こえた。

赤い瞳がきゅうと小さくなる。

紅林が胸を押し返すと、関玿の身体は簡単に離れた。上体を起こせば、今度は関玿のほうが離れるように身を引いて立ち上がる。

関玿は困惑の表情で『分からない』と紅林に問いかけていた。

しかし、紅林は答えない。答えられない。

涙で濡れた目で、ただ何も言わず見つめるだけ。

分からなくていい。

知らなくていい。

この身に、彼が絶やさなければならない血が流れていることなど……。

今以上の苦しみを彼に与えたくない。

「この身は法に従います」

紅林が額ずけば、関玿は何も言わず牢屋を出て行った。

「どうか……私のことは忘れて……」

錠が下げられた音は、開けられた時よりも重々しく、全てを断絶されたように聞こえた。

3

翌日、紅林の元に若い内侍官がやって来て処遇を告げた。

笞刑くらいは受けるのだろうなと覚悟していたが、言い渡されたのは宮女として後宮に戻ることであった。既に五日は獄に入れられていたことが、刑としては充分と見なされたという話だった。

――ということは、やはり私にじゃなく、尚食局全体へお咎めがあるかもしれないってことかしら。

「……っ」

もしここで自分が動けば、間違いなく内侍省に目を付けられてしまう。それは、紅林の望むものではない。

しかし――。

「まあ、儀式自体をぶち壊したわけじゃないからな。ご温情を与えてくださった陛下に感謝するんだな」

良かったな、と内侍官は興味なさそうに、さっさと立ち去ろうとしたが、紅林が声を上げて引き留めた。

友人を救う方法を知っていて、救わないという選択をした時、それで平穏な日常を過ごせるのだろうか。

考えずとも、答えは否だと本能が言っていた。

紅林の後宮での日々に、初めての友人である朱香がいない時点で、紅林の求めていた平穏でも日常でもなくなってしまうのだ。

きっとその時自分は後悔し続ける。何故自己保身に走り、友を助けなかったのかと。

「お待ちください。朱貴妃様の杯にだけ毒を入れる方法が分かった、と内侍省の方にお伝え願えますか」

大切な者を失うのは、もうこりごりだ。

牢屋から出て冷宮で待っていた紅林の元へ、先ほどの内侍官が呼びに来た。

すぐに用意された、内侍省建屋の一室。

必要最低限の調度品しか置かれていない殺風景な部屋には、紅林の他に宰相の安永季と内侍長官の円仁が並んで立っていた。

「紅林殿、話は本当ですか？　朱貴妃だけに毒を盛る方法が分かったというのは」

真偽を見定めようと、難しい顔をして紅林を上から下までじっくりと視線を這わせる安永季。

「はい、それを今から証明してみせます」

紅林は、自分と安永季達との間に置かれた卓へと歩み寄った。

卓の上には、話を聞こうと返事をもらった時に、用意してほしいと言ったものが置かれている。

黒い酒壺――双蛇壺と五つの酒杯。そして、酒。

「その酒杯は、当日、陛下と四夫人が使用していたものです。酒も尚食局に言って当日と同じ物を用意させました」

「感謝いたします、安宰相様」

紅林は全ての杯を検《あらた》め、最後に双蛇壺を手に取る。ずしりとした重みがあり、細部まで目を凝らしてみると、やはり双蛇壺で間違いはない。

蓋を開け、紅林が酒を注ごうとした時だった。

「宮女、嘘ではないな」

円仁の声に、ピタと紅林の手が止まる。

「嘘と仰いますと？」

「分かったというのはでまかせで、本当は先ほど杯を検めた時に、酒杯の内側に毒を仕込んだのではないか」

「嘘を吐く理由が私にはございません」

「陛下の寵欲しさではないのか？　せっかく陛下の目に留まったのだ、理由はなんであれ。謎を解いたとなれば、陛下の覚えもめでたくなるだろうなあ」

目の下をひくつかせ、円仁は足先で小刻みに床を叩き続けている。

「今ならまだ許してやる。完璧な証明ができなければ、我々を騙したということで、再び獄に入ってもらうぞ」

彼にとって、謎が解けることは喜ばしいことだと思うが、何故か円仁は紅林を忌々しそうに見つめる。

狐憑きだから、ということなのかもしれない。

不幸をもたらすと言われる者を、最初から嫌悪する者は多い。言いがかりに近いが、隣の安永季が何も言わないのを見るに、円仁の言い分にも一理を認めたようだ。

紅林は酒を置いた。

「承知しました。でしたら、安宰相様か内侍長官様が好きな杯をお選びください。選んだ杯にだけ毒を注ぎましょう。もちろん、選ばれたあと、私は一切杯に触れません」

これには、安永季がほうと口を縦にして、感嘆の声を漏らす。

「そこまでの自信があるとは……では、私が選びましょう」

安永季は卓に近づき、紅林から一番遠くにあった杯を選んだ。

「かしこまりました」と、紅林は酒を酒壺に注いだ。なみなみと酒を入れ、蓋を閉める。

安永季はというと、元の場所には戻らず、そのまま興味深そうに紅林の手元を注視している。

「これでもう準備は完了です」

「え？　しかし、酒を注いで蓋を閉めただけでは……」

あまりのあっけなさに、安永季は目を点にして、酒壺と紅林との間で視線を往復させている。しかし、紅林は特に何も告げることなくふっと笑むと、『まあ、見てろ』とばかりに杯に酒を注ぎはじめた。

一つ、二つ、三つ――。

そして、安永季が指定した五つ目の杯に酒を注ぎ終えた時、安永季は卓に乗り上げんばかりの驚嘆を見せた。

「どういうことです、これは⁉ 全て同じ酒壺から注がれていたのに――」

五つ目の杯を囲うように置かれた安永季の両手は震えている。触るわけにはいかないが、しかし触って確かめてみたいという欲がせめぎ合っているのが、手に取るように分かった。

「何故、この杯だけ酒が赤いのですか！」

五つ目の杯だけ、中の酒がうっすらと赤く色づいていた。

安永季の声に反応して、離れた場所にいた円仁も近寄って中身を確かめる。

「これは……っ、何故⁉」

やはり円仁も、安永季と同じ反応を見せた。

「これは、双蛇壺という特別な酒壺なんです」

「ソウ、ダコ……ですか？」

酒壺を安永季に手渡せば、彼は首を捻《ひね》って上下左右から確かめていた。

「実は口が中で二つに仕切られていて、今回は、片方に毒物ではなく潰した楊梅《ようばい》を詰めています。なので、飲まれても大丈夫ですよ。ただの甘酸っぱいお酒ですから」

安永季は酒壺の口を眇めた目に近づけ、中を確認すると「おお」と声を漏らした。

「確かに、下側の奥にだけ赤いものが見えますね。しかし、口が分かれただけでは、酒壺を傾けると両方の口から酒が出てくるのでは？」

紅林は酒壺を安永季の手ごと高く掲げ、底を覗き込めるようにする。

「分かりにくいですが、取っ手の底に小指の先程度の穴が開いています。そこを押さえて注ぐと上の口から。穴を開けたまま注ぐと上下両方の口から酒が出てきます。これを利用すれば、毒酒の注ぎ分けは簡単にできるのですよ」

残った酒で安永季も試しにとやっていたが、しっかりと赤い酒と透明な酒の注ぎ分けができていた。

同じ酒壺でいかようにもできるのが、双蛇壺である。

「安宰相様。この取っ手、実は右手にして見た時と、左手にして見た時とでは、見えるものが違うんです」

「どれどれ……っと、おや、本当ですね。黒くて気付きませんでしたがこれは……龍と……？」

「蛇です。ご覧の通り、双蛇壺を使う時というのは限られます。まあ、面従腹背とでも言いましょうか」

「ああ、なるほど。だから双蛇壺という名なのですね」

顎をさすりながら、彼は興味深そうに何度も双蛇壺を見つめていた。

もしかすると、彼の気質は宰相というより、学者寄りなのかもしれない。

目の輝きに子供っぽい探究心が宿っている。

「はぁーなるほど。これを使えば、朱貴妃の杯にだけ毒を入れることも可能ですね——って、うん？」

ただただ感心に唸っていた安永季であったが、どうやら自分が言った言葉の矛盾に気付いたようだ。

片眉がへこみ、口がへの字になる。

「朱貴妃の杯に毒が盛られていた。その毒酒を注いだのは……朱貴妃……？　え、待ってください。え？　ではこれは……まさか朱貴妃の自殺⁉　そんな馬鹿な！」

両手で側頭を押さえ、安永季は混乱の声を上げた。

まあ普通に考えればそういうことになってしまう。

しかし、問題はそこではない。

「安宰相様。一番問題視しなくてはならないのは、この双蛇壺を誰が彼女に渡したのか、ではないでしょうか」

「いけないいけない、目先の驚きに囚《とら》われてしまうところでした」

ハッとして、安永季は髪をぐしゃぐしゃに乱していた手を頭から離した。

彼のことをよくは知らないが、この短時間で紅林は、安永季が飾らない性格の人間だと理解できた。

宰相といえば皇帝に次ぐ権力を持っているといわれる重臣。時には皇帝の権力を凌《りょう》駕《が》する者もおり、大抵の者は腹に一物を抱えて、感情を表に出さないというのに。

それなのに、彼は実に感情表現が豊かだ。

きっと皇帝の前でも同じような感じなのだろう。

腹芸をしなくていい関係性なのがうかがえる。

――そりゃ、名を聞かれて咄嗟に彼の名が出るはずよね。

最初、宰相が自己紹介で名乗った名を聞いて、紅林は噴き出しそうになったものだ。

彼のあまりの安直さに。

――って、余計なことは思い出さないのよ。

思い出しかけた彼との記憶を、紅林は頭を振って急いで追い出す。

「先ほど申し上げたとおり、この双蛇壺は特定の使われ方しかしません」

「暗殺ですね」

そう。紅林が双蛇壺の存在を知っていたのも、見たことがあったからだ。

母の宮で使用されたのを。

その時の犯人は、他の妃が送り込んだ女官だった。いつもと違う女官が酒を持ってきたことに気付いた侍女頭が、毒味をさせようとしたところ自白したため未遂で済んだが。

以降、危険物として封印されていたはずなのだが。

「このような物が一般の市に出回るでしょうか。普通に過ごしていて、自ら手にできる代物と思われますか」

「思いませんね」

きっぱりとした口調で安永季は即答した。

「朱貴妃に渡して、しかも使い方まで教えた者がいる——そう仰りたいのですね、紅林殿は」

さすが腹芸はできなくても一国の宰相。頭の回転が速くて助かる。

「そういえば……朱貴妃の父親がよく彼女を訪ねてきていましたね。彼の店は王都でも屈指の大店《おおだな》。手に入れようと思えば、もしかしてこのような道具も……すぐに調べさせましょ——」

「いやはや、そのような物が存在するなど知りませんでしたよ。口の中を見るなど、思いつきもしませんでした」

最初に驚いて以降、今まで沈黙を保っていた円仁が、割り込むようにして口を開いた。

「この件は、不幸中の幸いで被害が出なかったことですし。大げさに調査して、後宮の秩序を乱す必要はないかと思いますが」

「後宮では既に、酒に毒が盛られていたことは伝わっているかと思います。四夫人の他に、近くにいた侍女など目撃者も多かったですし」

「ですから、あとはこのまま触らず噂が風化するのを待てば……」

何か言葉を挟もうとする円仁より早く、安永季は指示で彼の発言を遮る。

「後宮へは混乱を避けるため、もっともらしい理由を流します。ただ、真実は見極めなければなりませんから、調査は水面下で進めますよ。いいですね、円仁殿」

円仁は、かしこまりましたと腰を折ると、先に部屋から出て行った。

早足で慌てるように出て行った円仁を見送ると、紅林は安永季に不安げな顔を向ける。

「あの、これで尚食局全体へのお咎めはなくなりましたよね？　彼女達は無関係だったわけですし」

一瞬、安永季は首を傾げたが、すぐにああ、と手を打った。

「その件ですね。もちろんですよ」

紅林は、胸の中で張っていた緊張の糸がようやく緩んだ心地だった。

これで尚食局——というより、朱香が罰せられることはない。彼女のいない後宮など、もう紅林には考えられないのだ。友という存在を知ってしまった後では、今更その温かさを手放すことなどできない。

自然と、ほっと安堵の息が出た。

「それに、元より陛下はそのような罰の下し方はしませんからね。あの時は何やらムキになっていたようですが」

「まったく、あの方は」と安永季は肩をすくめていた。

「あの、今日は陛下は……」

気にしていた朱貴妃の毒杯の件だ。もしや関玿も来るのではと思っていたが、実際に来たのは宰相のみ。

「陛下もこの件は気にしていましたが、自ら調査に関われるほど、時間のある方ではありませんからね。報告は私からしておきますので、安心してください」

安心したような、残念なような、変な感じだ。

彼と関わってはいけない。でも、関わりたくて仕方ない。

――自分から拒んでおいて、なんて都合の良いこと……。

忘れてくれと願いつつ、忘れないでくれと祈っている。

そんな矛盾した存在になりつつある自分が嫌だった。

「というか、あなたに対する陛下の態度……なんだか距離が近いように思えたんですけど。昨日も牢屋で、二人きりにしろと言い出すし……そういえば、最近急に狐憑きがどうとかと……陛下と何か関係が？」

紅林の口端が引きつった。

しかし、それもほんの一瞬のことで、安永季が気付くことはない。

「いいえ。きっと、お優しい陛下のことです。昨日は、私のこの髪が、なるべく他の方々の目に映らないように配慮してくださったのでしょう。一対一のほうが緊張せずに話せるだろうと」

敬意を込めるように胸に手を添え微笑んだ紅林に、安永季は「そうだったんですね」と、それほど深掘りせずに納得してくれた。

ほっとしたのも束の間、安永季からの視線を感じて見やれば、彼は眉をしかめてじっと紅林を見ていた。

「あの、何か……」

「陛下も仰っていましたが、冶葛を知っていることといい、双蛇壺の知識といい……いったい何者なんですか、あなた」

安永季の目がスッと細められる。

剝離した鉄片のような鋭さの視線に、初めて紅林は彼の宰相らしい貫禄《かんろく》を見た。嘘を吐けば、舌ぐらいその鋭さで切り落とされそうな緊張感が漂う。

「ただの宮女ですよ」

しかし、やはり紅林はそう答えるのであった。

◆

「まずいまずいまずいまずいまずいまずい――」

円仁は神経質そうに親指の爪を噛みながら、早足でとある部屋を目指していた。

ブツブツと呟きながら到着した部屋の前で、安永季が近くにいないか確認すると、入室に戸を叩くこともなく、素早く内側へと入った。

「まずいですよ、順安殿！」

戸を後ろ手に閉めるなり、円仁は部屋で待っていた面体の内侍官――順安に向かって叫んだ。

「それでは私にはわけが分からんよ。確か、宮女が朱貴妃の毒杯について話があるってことの呼び出しだったか？」

「そうだ！　あの狐憑きが余計なことをしてくれた……クソッタレが！　私達に不幸を運びやがった！　何故、宮女如きが双蛇壺を知っていたんだ⁉」

円仁が激高しているのに対し、順安は向かいの椅子に乱暴に座った円仁を、愉快だとばかりに口端をつり上げて眺めている。

「まあ、落ち着け。何があったか私に一から話してみよ」

全てを聞き終えた順安は、中指でこめかみをとんとんと叩き続けていた。

「なるほど……あの狐憑きの宮女がなぁ……」

「どうすればいいんです、順安殿!? 朱貴妃の父親を調べられたら、あの酒壺を送ったのが私だとばれてしまう！　いや、それだけではない……全て洗われたら、失せ物の件まで！」

頭を抱えて、足の間に呻き声を漏らし続ける円仁。

まるで重篤な患者のように、上体を起こしたり伏せたりと、苦しみにもがいている。

「クソッ！　私は金さえ手にできれば良かったんだ。なのに、あれだけ後宮に興味を示さなかった陛下が、突然失せ物を調べろと言ってくるし、何故か朱貴妃の杯に毒が仕込まれるし……っ。クソッ！　クソッ!!　計画が滅茶苦茶《めちゃくちゃ》だ！」

一方順安は、顔を蒼くしたり赤くしたり忙しいものだな、と円仁の狼狽《うろた》えようを観劇気分で眺めていた。

「順安殿、分かっているのですか!?　私が捕まれば、あなたも一緒の運命だと！　最初に計画を持ちかけてきたのは、順安殿ですからねえ！」

共感してもらえない苛立たしさに、円仁の怒りの矛先が順安に向いた。

しかし、すぐに間違えたと円仁は気付く。

「ほお……私を脅すと？」

ゾクッと円仁は身体を震わせた。

順安は薄ら笑いを浮かべているだけというのに、まるで蛇に睨まれた蛙の心地だ。

「わ、私は順安殿の身も心配、している……だけで」

「そうか」

すっかり閉口して静かになってしまった円仁に、順安は腹の中で「小物」と嗤った。

「まあ、落ち着くんだ、円仁殿。朱貴妃の父親を捕らえて吐かせるまで……つまり、私達に調査の手が及ぶまで時間はある。早急にこちらから手を打てば事も無しだ」

順安の余裕に満ちた態度に、円仁も落ち着きを取り戻す。

「そうですよね……こちらが先に手を打てばいいだけですもんね」

順安は口端をつり上げて、顎髭を何度も撫でていた。

「そういえば、以前、狐憑きの宮女に会ったな。その時も、妙に失せ物の件について気にしていた様子だった。易葉《えきよう》のことも聞かれたし」

「易葉……ああ、あの死んでもらった侍女ですか。元はと言えば、あの侍女がへまをしなければ、もっと稼げていたはずなのに……っ」

失せ物の事件が、何故皇帝に命じられるまで積極的に調査されなかったかというと、内侍省長官である円仁が主犯だったからである。

侍女達に、市の商人は、妃嬪達が身につけるような良い品物を高値で買ってくれる、という話をしたのも彼だ。

円仁は、窃盗を見逃す代わりに、女人達から売り上げの半分を徴収して私服を肥やしていた。

円仁が最初に声を掛けたのは、強欲そうな数人の侍女だけだ。

しかし、今では彼女達を仲介として、その下に様々な女人がぶら下がっている。侍女達の按分率《あんぶん》を下げる代わりに、女人達の徴収を任せたおかげで、円仁は何もせずとも、噂が広まるほどに懐が潤っていった。

女人達はいくら盗んでも捕まる心配がないと分かると、次第に盗みも大胆になっていった。宝飾箱の隅にあるような使用していない小さな耳環《じかん》から名匠の耳環になるまで、そう時間はかからなかった。

しかし、まとめ役の侍女のひとりである易葉が、欲を出した。

彼女はもっと金が欲しくて、李翠玉という足が付く希少物を盗んで売り、商人は希少物なら街で売るより、後宮の妃嬪達のほうが高く買ってくれるだろうと欲を出した。

市で騒ぎになっていると内侍官から報《しら》せを受け、まさかと思いとんで行けば、最悪の偶然が重なっていた。

「あの場で順安殿が歩揺を出してくれて助かりましたよ。おかげで、問答無用で即投獄できましたし」

「後ろ暗いことをする時は、あのくらいの用意はしとくものさ、円仁殿」

ちまちまと聞き取り調査をしていれば、皇帝や宰相が口を挟んでくる恐れがあった。きっと、あの女人は余計なことを喋っただろうから、いち早く隔離する必要があったのだ。

誰かに『内侍長官が元凶』などと喋られては困る。

「随分と獄で叫んでいたみたいですが、皆正気を失っただけと相手にしなかったのには笑いましたね」

「それでも、危険因子はとっとと葬るに限る」

円仁は、易葉については尼寺追放か、そのまま冷宮の下女にするかと思っていたのだが、順安は躊躇《ちゅうちょ》なく易葉を殺した。

悩むこともなく、顔色を変えることもなく、歩く先にいた蟻《あり》を意識せず踏み潰すように、机の埃《ほこり》を息で払うように、気負いなくあっけなく、さもそれが当たり前だとばかりに殺した。

それで円仁は、この、ただの内侍官でいつづけている男に逆らっては駄目だと悟った。

「あの市での騒ぎ以来、女達はすっかり臆病になってしまいました。この間など、盗んだはいが売るのが怖いと言って、私のところに帯を持ってきた侍女もいましたよ。しかも図々《ずうずう》しく私に売りつけようとして。盗みを黙っていてやる代金だと没収にしましたが」

「ほう、その帯はどうしたんだ？」

「私も持っておけるわけがないので、さっさと妻への贈り物にしましたよ。今朝も喜んで巻いていましたね」

「ははっ！　元が上級花楼の妓女様だと苦労するな。下手な貴族の姫より金がかかるだろうて」

「だから、あの騒ぎで実入りが減ったのは痛いのですよ」

「それで、次は朱貴妃の父親だったわけだが……」

途端に、円仁は再び頭を抱えた。

「良い金脈だと思っていたんですが……」

朱貴妃の父親は実に欲深かった。

娘を皇太后にしたいという大それた夢を持っていた。いや、夢などという清らかなものではない。かつての林王朝の大奸臣・桂長順《けいちょうじゅん》になろうとしていたのだ。皇后ではなく、皇太后というのがまたこざかしい。幼き子を皇帝にし、祖父として操ろうという魂胆がありありと見て取れた。

王都では大店だが、宮廷においてそれがいかほどのものか。家格は金では買えない。だが、時に四夫人の椅子くらいなら買えもする。

それからは、定期的に『娘をよろしく』といった、袖の下が届けられていた。

しかし、四ヶ月経っても一向に現れる気配のない皇帝に、とうとう朱貴妃の父親が痺れを切らした。

これ以上皇帝が来ない日が続くのなら、贈り物を止めると言ってきた。

そこで、円仁は順安に助けを求めたのだ。

順安は『双蛇壺』を円仁に見せ、朱貴妃の父親から朱貴妃へと渡るようにすると言った。

『長官自らが動くと目立つだろう。私が円仁殿からの使いという体で渡そう。これを使う場は乞巧奠だ。妃が亡くなれば、我々も、今後も子を産む前に亡くなる妃が出ないとは限らないから、と陛下に後継の危機を訴えやすくなる。朱貴妃の父親には、その時には円仁殿が朱貴妃を陛下に推すからとでも言っておくさ』

そうして双蛇壺は、朱貴妃の父親の手から朱貴妃に渡り、乞巧奠で使用する酒壺の一つとして紛れ込まされた。

この時、朱貴妃が毒を盛る相手は李徳妃《りとくひ》だったのだが。

「ついでに小うるさい李徳妃も処分できて一石二鳥だと思ったのに……間違えやがって、

使えん商人娘め！」

しかも予想外なことに、こぼれた毒酒を皇帝や四夫人がいる前で、鼠が飲んで死んで

しまったというではないか。

仕込んだ毒は治葛ではあったが、すぐに人死にに繋がるような量は入れていなかった。

飲んだ者が病と思われ死ぬように、遅効性を発揮する量で留めていたのだが、さすがに

鼠では即死となってしまった。

本来ならば、酒は全て飲まれ、片付けられた後では毒が盛られたか確認する術はなく、

双蛇壺さえ回収してしまえば証拠も残らず、李徳妃は病で亡くなるはずだったのだ。

あとは、病の発症に疑問を持たれても、『狐憑きがいるから、こんな不幸が起こるのだ』とでも言っておけば、皆納得して深く追求することもなかっただろう。

「全ての悪意を狐憑きに被ってもらうはずだったのに！」

「そのために後宮に入れたというのになあ」

順安が、円仁の通っていた花楼に珍しい下女──狐憑きがいると知り、妓女の身請けと一緒に、下女も後宮に入れさせるようにと指示していたのだ。

「だが、私達の邪魔になるようであればなあ……」

好物を前にして舌なめずりするような言い方だった。

好々爺《こうこうや》のような柔和な笑みを浮かべている順安。表情は半分しか見えないというのに、

全て見えている者より何故か迫り来る圧のようなものがある。

「もったいないが、賢《さか》しいのは好かん」

「で、では……」

順安は円仁がはぐらかした言葉の先をくみ取り、事もなげに頷いた。

途端に、円仁の顔からは先ほどまであった焦燥が抜け、代わりに恐怖に色づく。円仁には、順安が邪魔者と認めた相手をどのようにするか分かっていた。

「わ、私は無理ですよ⁉」

順安に何かを命令される前に、円仁は両手を突き出して拒絶を表す。自分と彼は共犯者だ。であれば、同じように手を汚すことも求められるかもしれない。

「これはこれは、長官ともあろう者が意気地のない。既にひとり殺したんだ、今更もうひとり増えても変わらんだろうに」

「その易葉だって、私は冷宮に捨て置くだけで良いと言っていたのに、勝手に殺したのは順安殿じゃないですか！　私は金さえ手に入れば良かったのに！」

だから自分にも同じことを求めないでくれ、と全身を使って訴える。順安に逆らうのは危険だったが、かと言って、すんなりと「分かりました」などと言えるはずがない。

しかし、意外にもあっさりと順安は引いた。

「まあ、良い。元々お前にそこまで期待しておらんさ」

それに、と順安はただでさえ歪な笑みを、さらに不気味に崩して笑う。

「人が果てる時の姿は、得がたい愉《たの》しみだからな。私は人の最期を感じるのが好きなのだよ……昔から」

円仁には理解できなかった。この人倫を母の胎内に置き忘れてきたような男に、なんと返せば正解なのか分からず、口を閉ざすという方法しか思い浮かばなかった。

「さて、狐憑きが苦しむ顔はどのようなものだろうか」

空に雲が流れている、と言っているような、平然とした言い方である。

恐ろしい人よ、と円仁は心の中で冷や汗を流した。

4

「この度は、なんとお詫びしたらいいのか……助かりましたわ。ありがとう、紅林」

「そんな……顔を上げてください、朱貴妃様」

朱貴妃に頭を下げられ、紅林は慌てて彼女の上体を起こしに駆け寄る。

紅林は、内侍省から出たあと、朱香に連れられ朱貴妃の宮である赤薔宮《せきしょうきゅう》へと来ていた。

人払いされた部屋には今、椅子に座った朱貴妃と、向かいに紅林と朱香が立っている。

「本っ当ごめんね、紅林。私があんなことを頼んだばっかりに」

「そうよ、香《きょう》。朱家の問題だったのだから、紅林を巻き込んでは駄目でしょう」

「だって、蘭《らん》姉が誰か殺しちゃったらって思ったら……っ」

お互いを『香』『蘭』と呼び親しげな空気を漂わせる二人だが、赤薔宮に来る途中に朱香から姉妹だと聞いた時はさすがに驚いた。

同じ朱姓ではあるものの、顔など全く似ていないのだ。言われなければ気付く者はいないだろう。何故と思ったが、以前に朱香が、優しい姉が拾ってくれて家族に迎え入れてくれた、と言っていたのを思い出し納得した。

「わたくしを思ってのことだったのは分かるけれど。わたくしは元より誰も害する気はなかったのよ」

「だから、朱貴妃様はご自身で毒をあおろうとされたのですか」

「何それ⁉ 蘭姉が毒をあおろうとしたって何⁉ 聞いてないよ！」

紅林の言葉に朱貴妃は目を皿にして、朱香は嚙みつくようにして朱貴妃に飛びついた。

「なんでそんなことしたの⁉ ねえ！」

朱貴妃の肩を摑み、前後に揺する朱香。彼女の背にそっと手を置いた紅林が、口の前に人差し指を立てる。

「朱香、あまり声を荒らげると部屋の外に聞こえるわ。毒を盛ったのが朱貴妃様ってことは、まだ後宮には広がってないんでしょ」

我に返った朱香は部屋の入り口を見やり、そして「ごめん」と悄然《しょうぜん》として呟いた。

「うん。後宮では、酒に毒が入っていたってことしか言われてないよ」

どうやら安永季は、この件について公表するつもりはないらしい。被害者が出なかったことが、やはり大きいのだろう。

もしかしたら安永季ではなく皇帝の判断かもしれない。

彼なら、確かに意味もなく公にすることはしないだろう。

「それで……蘭姉はどうしてそんなことしたの」

朱貴妃は眉を八の字に歪め、力なく笑った。

「もう、疲れてしまったの」

確かに、彼女の笑みには諦念が濃く滲んでいた。

「父は、わたくしに陛下との御子を望んでいたわ。金でこのような分不相応な貴妃の位を買い与えてまで。きっと、将来の皇帝の祖父にでもなりたかったのね。今は商人だけど、それすらお金で買った元は平民ですもの。身分のある取引相手からは馬鹿にされるようなこともあったみたいで、父は地位が欲しかったのよ」

朱貴妃はどこを見ているのか。視線は部屋の窓の外に向いていたが、彼女の瞳はどの景色にも焦点が合っておらず、ずっとずっと遠くを見ているようだった。

まるで、宮の外の囲いがない自由な世界に思い馳せるように、穏やかな眼差しで。

「後宮に入ってから、父はよくわたくしを訪ねてきたわ。毎回毎回、媚薬《びやく》効果のある香油や、男を引き寄せる護符なんかを持って」

笑っちゃうでしょ、と朱貴妃は肩を揺らしていたが、自分の身に剣を突き立てながら無理して笑っているようにしか見えなかった。

「そして、とうとう他の四夫人を殺せときたものよ。もう、終わりにしたかったの。わたくしが死ねば、父も諦めると思ったし」

確かにこれは自殺だった。

ただ自ら望んでとは言いがたい。

「……っごめんね、蘭姉……私、気付かなくって……っそこまで追い詰められてただなんて」

朱香は朱貴妃の胸に縋りついて泣いていた。

その小さくひくつく背中を、朱貴妃は愛《いと》おしげに見つめ撫でている。

「わたくしこそ、ごめんなさいね。あなたをひとり遺《のこ》してしまうところだったわ」

そして、と朱貴妃は紅林に目を向けた。

「ありがとう、紅林。あなたが来てくれなかったら、次はこの子が父の犠牲になるかもしれなかったのに……情けないことに、逃げることに必死で、そこまで考えが至らなかったの。だから、止めてくれてありがとう」

「私も朱貴妃様には亡くなってほしくないですから」

彼女は、自分を髪色で判断しなかった稀有な人だから。

朱姉妹には、どうか幸せであってほしかった。

「朱貴妃様、聞きたいことがあるんですが」

「何かしら？　わたくしが答えられることは全て話しましょう」

「双蛇壺は、誰から渡されたものでしょうか」

「あれは父からだったんだけど、でも、父の持ち物ではないのよね。あんな物、家にいた時、一度も見たことなかったもの。それで確か、わたくしもどうしたものか聞いたのよ。父はどこかの偉い人からと……ああ、そうだわ。持ってきた人は、顔の半分が黒い面体に覆われていたと」

「面、体……」

そんな目立つ人っているのかしらね、と朱貴妃は言っていたが、紅林には心当たりがあった。

◆

日が傾き、そろそろ戻らないとということで、紅林と朱香は赤薔宮を後にした。

しかし、紅林はそのまま宿房には帰らず、朱香と別れてひとり北庭へと向かっていた。

というより、考え事をしていたら、いつの間にか北庭へと足が向いていただけであるが。

北壁の際——いつも花を供えていた場所に、花はなかった。

しなびれた、かつて花だったものしかなく、乞巧奠の日から誰もここに来ていないことがうかがえる。

紅林は茶色くなった花だったものの前に、膝を抱えて座りこんだ。

ここは木に囲まれているため、隣に見える北庭よりも暗くなるのが早い。まだ空には夕日が残っているはずなのに、紅林の周囲だけは既に夜に足を踏み入れていた。

「さすがに、妃嬪様達に顔を見せた後じゃ、もう衛兵のふりなんてできないわよね」

きっと、彼は二度とここには来ない。

「別に……寂しくなんかないわ……」

二度とあの声が「紅林」と呼ぶことはない。

「寂しくなんか……」

膝の上で顔を伏せ、紅林は何度も「大丈夫」と呟く。

元より、誰かに愛されることはないと、とうの昔に見切りをつけた生だったはずだ。

元に戻っただけ。

ただの宮女として生きていくことが一番で、死ぬまで母に花を捧げ続けられることが幸せだと思っていた、のに……。

すると背後で、サクッ、と草を踏む音がした。

――まさか……っ。

胸が跳ね、全身がびりびりと痺れる。

振り向こうと顔を上げた次の瞬間――。

「――ッぅぐ⁉」

首を真後ろに引っこ抜かれた――そう感じるほどの衝撃が、紅林の首を襲った。

あまりの唐突な衝撃に、紅林は自分の首がどうなっているのか、息をするまで分からなかった。痛くて熱くて苦しい、本当に首がもげたと思った。

「ッは、カハ……っ！」

そして、息をしようとして初めて息が吸えないと知り、自分の首が絞められているのだと気付いた。

首に手をやれば、しっかりと紐が巻き付いている。爪を差し込み、指を捻《ね》じ入《い》れようやく少しの隙間を確保する。しかし気を抜くことは許されず、紐は絶えず指ごと締め上げてくる。

「まったく、不幸をもたらす相手を間違っちゃいかんなあ」

——誰……っ！

背後から聞こえた声は男のものだった。耳障りの悪い、ざらついた掠れ声。

どこかで聞いた覚えがある。

しかし、回想している余裕などない。

紅林は、片手で首の紐に爪を立てながら、もう片方の手で懐をあさった。

「人けのない場所に来てくれてありがとう。お前には全ての罪を背負って死んでもらうよ、あの侍女みたいに。大丈夫、狐憑きのお前のことなど誰も気にしやしないさ」

耳の奥が膨張してジンジンとした痛みを訴える。地鳴りのような音まで聞こえてきた。

段々と指先が痺れてきて感覚もなくなりはじめた中、紅林はようやくそれを摑んで、懐から手を引き抜いた。

「あぐッ‼」

男の苦しそうな悲鳴が上がったと同時に、首の圧迫が消えた。

「ゲホッゲェッ……ハッ……はぁ……っ！」

紅林はふらつく身体を懸命に動かして、男から距離を取る。男は顔の左側を手で押さえ、おぼつかない足取りで呻き声を上げていた。

顔を押さえる男の手指の隙間からは、赤い涙が漏れている。

紅林の手に握られていたのは、紅玉がはまった金歩揺。地面には破かれた黒い布が落ちていた。ちょうど振り払った歩揺が面体を引き裂いたようだ。

「小娘が……っ」

男の目はギリギリで無事だったらしく、手を外した男の左顔面は頬がぱっくりと裂けていた。面体の下の皮膚は赤黒く変色し、溶けたように引きつった皮膚が、見る者に痛々しさを覚えさせる。

「抵抗すると自分が苦しむだけだぞ」

「やっぱり、易葉は病死でも自殺でもなかったのね」

ニヤ、と男は口を歪めた。片側は皮膚が引きつって動かないのか、皮肉っぽさが増している。

「失せ物も内侍長官が主導していたんでしょ。どうりで、全然事件化しないはずだわ」

「よく気付いたな」

「冷宮の女達に聞いたもの。易葉は『内侍長官に嵌《は》められた』ってずっと叫んでいたって。彼女達はただの逆恨みとしか思ってなかったようだけど、私は、それで全てが腑に落ちたわ」

「あそこの女達も随分と口が軽い……入れ替えるとするか」

「また簡単に命を弄ぶのね」

「……また？」

「そうやって、最後はこの王朝も滅ぼすつもりかしら？　ねえ……」

訝しげに眉をひそめる男に、今度は紅林が皮肉げに口を歪めてみせる。

「桂長順」

男――桂長順の目がクワッと見開かれた。

林王朝を滅ぼした最後の大奸臣と言わしめた、宰相・桂長順。彼は宮廷と共に焼け死んだと言われているが、紅林はそれが嘘だと確信している。

「何故……」

桂長順の口はわななき、突っ張った方の目の下がヒクヒクと痙攣していた。

「何故、狐憑き如きが私の名を……」

紅林の目がスッと細められる。

「お黙りなさい、桂長順」

突然、紅林の口調が変わった。

「誰の許しを得て、頭を上げたまま発言しているのですか」

「は……？」

口調だけではない。薄暗い木々の中で佇む姿には、触れがたい凛然《りんぜん》とした空気が取り巻いている。

口調も醸し出す雰囲気も、まるで妃嬪の如き変わりように、桂長順は紅林がうわごとを言っているのだと思った。しかし、それにしては、目の前の女はあまりに強く真っ直ぐな目をしている。

「お前は……いったい……」

「何をしているのでしょう。頭を垂れなさい」

細められていた黒い瞳が柔和な弧を描いた瞬間、桂長順の記憶が刺激された。

「っ媛貴妃《えんきひ》――!?」

桂長順の口を突いて出てきたのは、かつて主だった者の寵妃の名。しかし、彼は自分の発言が間違っているとすぐに頭を横に振る。

「いや、そんなはずはない!」

媛貴妃は、後宮が焼け落ちた時、既に三十を超えていた。目の前の娘はどう見積もっても二十そこそこの小娘である。

であれば誰だ、と桂長順の背筋にヒヤリとしたものが流れ落ちた時、彼は媛貴妃に似たひとりの少女を思い出した。

儀式や行事の時しか母親の宮から出てこず、出てきても常に下を向いて他の太子の陰に隠れてばかりいた黒髪黒目の公主。

生きていれば、確かこのくらいになっているはず。

「紅玉《こうぎょく》……公主」

紅林は黙したままだったが、桂長順にはそれが最大の肯定に感じられた。

「はは、は……っそうか……あっはははははは!! そうだ! いたな、そのような公主が」

桂長順はよほど愉快なのか、腹を抱えてゲラゲラ笑っていた。しかし、やはり引きつった口から漏れるのは歪な声。

「いやぁ、あの辛気くさい引きこもりの公主様が生きていたことにも驚きだが……その髪色を見れば……媛貴妃はよく隠し通したものだ」

顔周りをなめ回すように見られ、紅林の笑みも不愉快に引きつる。

「それにしても、よく私が桂長順だと分かりましたな、公主様」

「最初は気付かなかったわ。でも、あなたの人を見下した不愉快な発言や、双蛇壺を持っていたと知れば、桂長順以外にはあり得なかったのよ」

倉に封印された双蛇壺を手に取ることができるのは、鍵を持つ太府寺卿《たいふじきよう》か、皇帝、そして宰相だけである。

双蛇壺は焼けていた。それは争乱の中も倉にあったということ。

もし太府寺卿であれば、争乱以前に盗み出せていたはずだし、皇帝は全くもってあり得ない。

であれば、彼はきっと最後の瞬間まで泣きながら逃げ回っていたことだろう。

宰相しか残らない。

「その顔の火傷は、双蛇壺を盗んだ時のものかしら？」

「ご明察。鍵が見つからず、仕方なく火を放って倉を壊したんですが、その時運悪く、落ちてきた梁《はり》がかすめまして」

「残念ね。そのまま焼け死ねば良かったのに」

「はっは！　これは手厳しい。お父上とは雲泥の差だ」

桂長順は焼死体が出たことで、死んだとされていた。ということは、その死体も誰かを身代わりにしたのだろう。彼なら躊躇なくやる。

「本当……あの父親の子とは思えぬ賢女ぶりだ。良かったですね、父親に似ず母の媛貴妃に似て」

桂長順は在りし日に思いを馳せるように、空を仰ぎうっとりと目を細めていた。

「彼女も賢い女人だった……幾度となく暗殺されかけたというのに、おくびにも出さず常に貴妃然として座ってらした。万民を慈しみ、あの情けない愚帝にさえ愛を与えられていた。時代さえ違えば、彼女はその英明さだけで、間違いなく皇后として国母になれたお方だ」

まるで母を崇敬するような言い草だ。

その母を苦しめることとなった張本人が、なんの面目があって語っているのか。

思わず歩揺を握る手に力が入る。紅林の手から伝わる振動は歩揺の飾りを震わせ、チリチリともの悲しい音を鳴らした。

「それを……あなたが言うの？　国を蝕《むしば》んだ大奸臣が！　国が傾かなければ母は死なずに済んだというのに！」

「だからこそですよ！　完璧なものが崩れゆく様は実に美しい！　自分の手で、言葉で、目線一つで強大なものが壊れていく、性的快楽など些事と思えるほどの忘我の愉悦！　一度味わったらやみつきになるほどの……もう一度、あの阿鼻叫喚《あびきようかん》の光景が見たいのですよ、私は！」

「残念ながら、父と違ってあの人はあなたの傀儡にはならないわ」

彼なら権力を振り回すことも、振り回されることもない。

そう信じられるだけ、紅林はもう彼の人となりを知ってしまっている。

「そうですかな？　血筋のない王は迷うもので、民は上が凋落するのが好きなもの。あの媛貴妃ですら、悪女として今の世には知られているというのに。簡単でしたよ。ひとり二人に吹き込めば、あとはあっという間でしたから」

「まさか、母が悪女だなんて言われていたのは……」

にたり、と桂長順が口端をつり上げた。

「そうですよ。民は馬鹿だ。真偽不明の噂で賢女を悪女と謗《そし》るだなんて。しかし、そういうものですよ、民は。上の失態を一つたりとも許してはくれないんですよ」

「馬鹿なのはお前よ、桂長順！　お前のせいで母は死しても侮辱され、どれだけ天に召された今も悔しい思いをされているか！」

「死人は何も思いませんよ」

「お前如きが母を嗤うな！」

紅林は荒々しくなる息を落ち着かせるようにゆっくりと腕を上げ、歩揺の切っ先を桂長順へと向けた。

「桂長順……お前はこの王朝にも、この世にも必要ない。亡き王朝の亡霊は消えるべきよ」

チリンと歩揺が鳴く。

「ではお先にどうぞ。私はあなたの死後、一連の騒動の罪をあなたに被せなければなりませんので。母親と同じく『悪女』と言われて死ねるのですから、感謝してください――ね！」

「……っ⁉」

桂長順は懐から出した短刀の鞘《さや》を勢いよく払い、紅林に向かって突進した。

紅林が持つのは一本の歩揺のみ。

それも短刀と比べればとても短く、到底やり合えるものではないと分かっていた。

――それでも……！

逃げ出したくなる足に力を入れ、せめて刺したがえられるようにと、歩揺を摑む手を両手で固める。

「紅林――っ!!」

しかし、頭上で木の枝が折れる音がしたと思ったら、紅林の身体は不意に後ろへと引っ張られた。

それは、先ほど首に感じた衝撃とは比べものにならないほど、柔らかくて優しい力。

次の瞬間、紅林の目の前で矢の雨が降り注いだ。

雨粒のいくつかは桂長順の身体を貫き、残りは紅林と桂長順とを分け隔て、地面に一線を引くように打ち込まれていく。

まるで、それ以上近づくことは許さぬとばかりに。

前のめりに膝から崩れ落ちる桂長順。

背には数本の矢が突き立っている。

桂長順が紅林の後ろを見て「陛下」と呻くのと、背後から「大丈夫か、紅林」と言われ抱きしめられるのは同時だった。

声を聞かずとも、振り向かずとも、紅林にははじめから自分を抱きしめる腕の主人が誰だか分かっていた。

だって、この場所を知っているのは彼しかいない。

彼しかいないのだ。

「──っ関玿！」

自分には。

紅林は振り向くと一緒に、関玿の首に抱きつき、つま先を立てて彼の逞しい肩口に顔をうずめた。

「無事で良かった……紅林」

後頭部にそっと触れる大きな手に安心感を覚える。

しばらく関玿は紅林の震える身体を慰めるため、背中をさすり、肩口に寄り添う小さな頭を、頬や唇で撫でていた。

そして、紅林が落ち着いたと判断すれば、関玿は次に頭上──北壁の上へと声を張り上げた。

突然の大声に、びっくりして紅林の顔も一緒に跳ね上がる。

「将軍、よくやった。だが、もう少しでこちらまで当たるところだったぞ」

どこに向かって声を掛けているのかと思い目を凝らして見れば、北壁の上からこちらを覗き込む者達がいるではないか。

豆粒のような大きさだが。

つまり雨はあそこから射られたということか。あんな人が豆粒になるような高さから。

「当たりませんって。そんな阿呆射手が自分達の中にいるわけないでしょう。それに射手を選んだのは陛下ですし、万が一当たっても自分に責任はないです」

「ったく」と関玿は、豆粒に呆れた声を漏らしていた。

「将軍以下の後宮への出入りを許す。長官の円仁捕縛と、この男を引き取りに来い」

頭上で短い返事がされ、あっという間に豆粒は城壁から消えた。

5

すっかり辺りも全て夜が覆っていた。

薄暗い中、足元で虫のようにうごめく桂長順の姿は、些《いささ》か不気味さが増している。

どうやら矢は急所を外れたようで、息は充分にできているようだった。

「順安、話は大理寺で全て聞かせてもらうぞ」

「ッハ、このようなことに、なるならば……っ、火など放たず、全員この手で……殺しておくのだった。そう、すれば、全員の死に顔が見られたというの、に」

「火を放つ？　何を言ってるの？」

うわごとのように力なく口から垂れた言葉に、紅林は眉をひそめた。

なんの話をしているのだろうか。

しかし、隣の関玿には桂長順の言っている意味が分かったらしい。

「お前が燃やしたのか……後宮は」

「ああ、そうだ」

「なんの理由があってあのように惨《むご》いことを」

「理由？　ハハハハハッ！　理由などあるはずなかろう！　人の最期を私は感じていたいのだ。人が生にしがみつきながら……っ死にゆく絶望の顔を！　消えていく声を！　後宮の中から聞こえてくる、女達の悲鳴は最高に私を昂《たかぶ》らせてくれたものよ」

「貴様……っ」

関玿は眉根をこれでもかと寄せ、桂長順への嫌悪を最大限に表していた。

しかし、紅林は二人の会話に思考がまだ追いついておらず、頭を抱えてうつろな瞳で足元を映している。

――後宮？　どこの？

関玿の後宮は、一度も火事騒ぎなど起きていない。

とすると、残された選択肢は一つしかない。

「どういうこと……？　だって林王朝の後宮を燃やしたのは……関……」

隣を見やれば、こちらを向いていた関玿と目が合った。

翠月国《すいげつこく》の民は皆、皇帝が後宮を燃やしたと言っていた。血も涙もない冷血漢だと。

「あなたじゃないなら、どうして噂を否定しなかったの⁉」

困惑気味に疑問をそのまま口にすれば、最初に声が上がったのは関玿ではなく、桂長順であった。

馬鹿にしたように、鼻で一笑される。

「賢いと思ったが……っやはり、まだまだ……童か」

やはり桂長順の言うことは意味が分からなかった。

すると、関玿が閉ざしていた口を、薄い溜息を吐きながら開いた。

「宮廷内を制圧して、後宮の方へ向かったらもう火が上がっていた。助けようとしたが、熱で閂《かんぬき》は変形していて……。確かに火を放ったのは俺じゃない。だが、あの火災は反乱がなければ起きなかったものだ。だから、俺が火を放ったも同じことだと否定はしなかった。多くの者が死んでいった中、俺だけ綺麗な身でいようとは思わなかったんだ」

突如、「アッアッアッ！」と潰れたヒキガエルのような濁声《だみごえ》で桂長順は笑いだした。笑うたびに地面で身体が跳ね、本当に蛙のようで醜い。

「甘い！　甘いぞ若造！　その優しさが命取りに……っなるぞ！　民はお前を冷帝と呼ぶ。そういう目で見る。人殺しだとなァ！」

地面から見上げてくる桂長順の目は血走っていて、得も言われぬ凄みがある。

この期に及んで、まだ他者を圧してくるのかこの大奸臣は。過去から積み重なってきた憤怒《ふんぬ》と口惜《くちお》しさとが激声となって、紅林の口から飛び出した。

「黙れ、桂長順！　お前は……っ母を愚弄しただけでなく、命すらも……っ！　私がとどめをさしてやる！」

「駄目だ、紅林！」

言葉と一緒に、紅林は持っていた歩揺を振り上げ、桂長順に襲いかかろうとしたが、しかし、すぐに関玿の腕に捉えられ、そのまま腕の中に閉じ込められる。

「駄目だ紅林……っお前までそんな奴と同じになることはない」

感情の昂《たか》ぶりに瞳からは雫がぼろぼろとこぼれ落ち、しかしどうすることもできず、紅林は関玿の胸に荒い息をぶつけるしかなかった。

そこで、南側の方から騒がしさが近づいてくる。

ドスドスと重い長靴の足音と、野太い男達の声。どうやら先ほど頭上にいた豆粒達が、桂長順を捕らえに来たのだろう。あっという間に桂長順を引っ立てる男達は、全く豆粒ではなく皆大柄で、関玿よりも大きい者もいた。

「これからが……楽しみですね、陛下」

両脇を掬われるようにして抱えられた桂長順は、最後に目線だけこちらに向け、あの気味悪い声で笑った。

「ああ。お前にこれからを見せてやれなくて残念だよ」

関玿の言葉に、桂長順は目の下を引きつらせ、何も言わずに視線を切った。

◆

いつも閑散としていた北庭らしく、やっとこの場にも夜の静寂《しじま》が戻ってくる。

先ほどまでの騒ぎなど、まるで夢だったかのように思える。しかし、足元に視線を落とせば地面には矢が刺さっていた跡と、色は見えないが血の跡だろう。月の淡光に、ぬらぬらと光っている草が見て取れた。

ほんの一週間前までは、ここは北庭に咲く季節花に目を和ませ、母を弔い心安らげる場だったというのに。夜闇が覆っているせいか、草も木も花も全てが寝静まっているようだった。

こんな沈黙が重みを増す時に限って、風の一つすら吹かない。

関玿の胸を押すとすんなりと腕が開き、そのまま紅林は関玿から二歩の距離を取る。

「……っなんで、あなたがここにいたの」

関玿が後宮を燃やした犯人ではなかった。全ては桂長順の仕業だった。そうは分かっても、まだ感情の波は揺れていて、紅林はまともに関玿を見ることができない。

距離を置いた先で顔を背け、不安定な心を悟らせまいと左腕を右手で抱きしめていた。

関玿も、無理に距離を詰めようとはしなかった。

「実は、紅林が内侍省を出てから、見張りを付けていたんだ」

内侍省を出てからというと、安永季に双蛇壺の説明をした後か。

「勘違いしてほしくないんだが、紅林を犯人だと疑っていたわけじゃなくて、毒杯の仕組みを解いた紅林は、犯人に狙われる可能性があったんだ」

そう、とだけ紅林は呟いた。

「悪いけど、少し……ひとりになりたいの。だから――っ！」

首筋に与えられた不意の刺激に、紅林は言葉を飲み込んだ。

顔を向ければ、不機嫌そうな顔をした関玿が手を伸ばし、首に触れていた。

夜風に染まった彼の指先は、ヒヤリと冷たく妙に心地よい。

「嫌だ」

「すまない……間に合わなかった」

紅林の首には、赤い線が残っていた。

関玿が悲しそうに目を眇めて見てくる。見ているほうが痛々しくなるような表情に、紅林はどう反応を返して良いのか迷ってしまう。結局ただ黙って、視線を落とすことしかできなかった。

「もう二度と、紅林をひとりにはしたくない。二度と……っ、こんな恐ろしい思いを俺はしたくないし、紅林にもさせたくない……！」
彼の指先の冷たさが感情の熱を奪っていく。自分と彼の体温の差が次第に埋まってい
き、彼の指が肌に馴染む。
関琊は手は伸ばせども、一歩も距離を詰めようとはしなかった。
ひとりになりたいという意思を汲《く》んでくれているのかもしれない。そんな中、この伸
ばされた一本の手で、全てを必死に繋ぎ止めようとしているようにも感じられた。
だって、彼の顔はどうしてか、かつての自分と重なるのだから。
洞穴の中から閉じゆく空を見つめ、母に一緒にいてくれと希《こいねが》ったあの頃の自分に。
彼を見ていると、『ああ、母もこの顔を見て、それでも笑ってくれていたのか』と、
母の気持ちが少しだけ分かるような気がした。
相手に悲しい顔をさせたくない時、人は穏やかに微笑めるものらしい。
紅林は、首を撫でる関琊の手に、自分の手を重ねた。
「……大丈夫、間に合ったわよ。私はこうして生きているんだもの」
ずっと緊張を描いていた関琊の表情も、わずかに和らぐ。
「それより、あなたはどこから現れたの」
声が聞こえたと思ったら、既に背後にいたのだから驚愕ものだ。
まだ桂長順の背後から現れたのなら分かるが、紅林の背後にはもう木と北壁しかない。

「実はその……北壁から俺だけ縄で下りて……木の上で少し、な……」

紅林の目は、関玿が喋るたびに開きを増していく。

「あ……」

「あ？」

「危ないじゃない！　なんでそんな所から来るのよ、もう少し何かあったでしょ」

開いた口が塞がらないとはこのことだろう。

関玿も視線を明後日の方向に逸らして言うあたり、普通でないことをしたとの自覚があるのだろう。

「犯人にばれるわけにはいかなかったし……それに、昔から城壁越えとかやってきたから……慣れたら簡単だぞ」

「だぞ、じゃないわよ。慣れてるからいいってものじゃないでしょう⁉　もしそれで落ちてたら怪我じゃ済まなかったわよ！　いくら下に木があるからって……」

心配が心労になり怒りになった紅林の叱責に、段々と首をすくめていく関玿だったが、突然、紅林は言葉を切った。

いきなり瞬きすら止めてしまった紅林。

関玿が、大丈夫かと紅林の顔の前で手を振る。

「……ねえ、木の上にいたって……いつから？」

動きを止めたままの表情で、紅林は口だけを動かした。動揺を表したように、視点が定まらず視界が揺れている。

どこから彼は話を聞いていたのか。何を聞かれたのか。彼はいったい何を知ってしまったのか。

恐る恐る、関玿へと視線を向ければ、彼は赤い瞳を微動させ唇を噛んだ。

「…………」

噛まれた唇は、いくら待てども開く気配さえ見せない。

「ま、さか……全て聞いて……」

何も言わない関玿に、紅林はうっすらとその意味を感じ取った。そして、関玿の視線が下げられれば、それは肯定も同じであろう。

「――――っ！」

目は口ほどに、とはよく言ったものだ。

自分が、滅ぼせと願われた林王朝の公主だということが、関玿に知られてしまった。

今まで誰にも悟られもしなかったのに、何故、どうして、唯一知られてしまった相手が彼なのか。

彼は、最も知られてはいけない相手で、同時に最も知られたくはない相手だったというのに。

——生きていては駄目。

感情よりも早く、本能が瞬時にはじき出した結論に、紅林の身体が即応する。

手にしたままだった歩揺を、紅林は自分の首へと突き刺そうとした。

「何をするんだ、紅林!!」

しかし、すんでのところで関玿の手がそれを阻む。

いつも涼しげな目元を、今はこれでもかと見開いて驚愕に口をわななかせている。必ず優しく触れてくれていた手が、今は紅林の手首をぎちぎちと締め上げていた。

それは、初めてここで出会った時のような容赦ない男の力。あの時、彼に向けられていた目は不審者だと訝しむものだった。なのに、今彼に向けられている目は、驚くほどに温かく感情が乗っている。

『嬉しい』と思う反面、やはり『どうして』という悲しさが拭えない。

紅林は手首を掴まれてもなお、自分に歩揺の切っ先を進めようとした。

「やめろ！　やめてくれ、紅林……っ頼むから」

今にも泣き出してしまいそうな哀願の声を漏らす関玿。

「どうして……っ、あなただったのかしらね……」

ぼろぼろと、紅林の瞳から真珠のような涙が溢れ落ちた。

「私達の出会いは、最初から全て間違いだったのよ」

「間違いなんかじゃない！　俺と紅林との出会いを否定しないでくれ！　俺は……っ、俺は紅林と出会ったあの日のために、後宮を作ったのだと思えたんだ。お前と出会うためだけに、俺は五年待ち続けたんだ……っ」

ついに、今まで保たれていた二歩分の心許《こころもと》ない距離が、一瞬で埋められた。

掴んだ手首を強引に引き寄せ、関玿は紅林が自傷しないように、彼女の身体を自分の身体で抱きしめ、覆った。腕で肩と腰を強く抱かれ、首筋は肩に乗った彼の頭で守られている。

「紅林…………好きだ」

彼の震える身体が愛おしかった。

耳をくすぐる荒い息遣いが狂おしかった。

それでも紅林には答えられない。

一切の身動きがとれなくなった紅林は、幾度か彼の背後で手をばたつかせてみたが、これ以上振り回すと自分ではなく彼を傷つけてしまいそうで、そこでようやく歩揺を握る手を下ろした。

「間違いだったのよ……。ねえ、関玿。私とあなたが出会ったきっかけになった、あのお墓。本当は雛のためのお墓なんかじゃなかったとしたら？」

ビクッと彼の背中が跳ねた。

「かつて、この場所にはね、母の宮があったのよ」

ゆっくりと、首筋にあった顔が離れていく。現れた彼の表情は眉を波打たせ、まつげを震わせて『まさか』と言っていた。

やはり彼は危機管理能力がずば抜けている。たったこれだけで全てを察してくれるほどに。

「ね。関王朝の後宮で、私は林王朝の者を弔っていたのよ。最初から間違いだらけだった――」

「何一つ間違ってなどいない。ただ紅林は弔いたい者に花を供えていただけだ。そこに眠る者が誰であろうと、なんであろうと俺はそれを否定しない」

紅林は、言葉を被せられると一緒に、再び関玿に抱きしめられていた。

――どうしてそこまで……。

彼の長い髪が頰に触れる。さらさらとしてとても気持ちが良い。全身を抱きしめる腕は逞しく、掌《てのひら》は熱い。何度も何度も耳元で囁く「紅林」と呼ぶ低い声は、耳から入って素直に胸の中に落ちてくる。

他の誰にも、『彼』を味わわせたくないと思うのは、罪だろうか。

「きっと、私の存在はあなたを苦しめるわ、絶対に」

後宮を、母を燃やしたのが関玿でなくて本当に良かったと思った。

もう彼への気持ちは、自分でも誤魔化せないほどに大きく膨らんでいて、認めないなんてことはできなくなっていたから。だから、恨まなくていいと知った時は、本当に安堵したのだ。

しかし、やはりその安堵も一瞬である。

「林王朝が……林景台《りんけいだい》がどれだけ恨まれていたか、知ってるでしょ。しかも、私は悪女って言われた妃の娘なのよ」

「それと紅林は関係ない！　それに、母親は悪女とはほど遠い方だったはずだ。何も問題はないじゃないか」

「母が悪女でも賢女でもどちらでも良いのよ。だって、私の存在が問題なんだから。旧王朝の直系は断絶させなければならない。昔からこの因習は変わらないの。つまり、私はあなたにとって、不幸をもたらす女でしかないのよ」

自分で言っておいて、胸がえぐられるように痛かった。

母は恋をしなさいと言った。

自分になんかできるはずがないと思っていた。

でも、生まれて初めて誰かを好きになった。好きだと思えた人に、好きだと言ってもらえた。

母が『どんな時も最後まで一緒にいる』と父と誓った気持ちも今なら分かる。

だが、天下万民の中のたったひとりが、どうして彼でなくてはいけなかったのか。初めて恋した相手を不幸にしてしまう自分など、この世に必要なのだろうか。

「やっぱり……っ私は狐憑きなのね」

こんな形で、自分の髪色を恨めしく思う日が来るとは思わなかった。

「俺はお前といて、一度たりとも不幸を感じたことはない！　だから……っお願いだから、自分をそんなふうに言わないでくれ」

それでも、狐憑きである事実は覆しようがないのだ。

溢れて止まらない涙は、関玿の胸を濡らし続けている。それでも彼は少しも抱擁を緩めはしなかった。

――こうなりたくなかったから離れたのに。あなたにそんな顔をさせたくなかったから、ただの宮女でいたかったのに。

笑顔を作ろうとしたが、上手く顔に力が入らず、ぎこちない笑みになってしまった。涙は止まらないが、せめて笑っていれば、彼の表情も少しは晴れてくれるだろう。そう思ったのに、関玿は依然として沈痛な面持ちで紅林を見つめていた。

「ねえ、関玿。私を後宮から追放――」

して、と言い切る前に、紅林の唇は塞がれていた。

唇を割って入ってくる熱い吐息が喉の奥に流し込まれ、言いかけていた言葉も、思考すらも全て熱に流されていく。それはまるで、彼の瞳のように赤く燃えさかっていて、火傷してしまいそうな熱さだった。

唇が離れると炎のような赤い瞳が、紅林の黒い瞳だけを捉えていた。その表情からは、皇帝たる者の、何者にも屈しないという強靱《きょうじん》な意志が伝わってくる。

軽い酩酊《めいてい》感の中、射貫《いぬ》くような眼差しにゾクリと全身が粟立った。

「俺は、何も聞いていない」

紅林は耳を疑った。

「ここで俺は何も聞いていない。だから、紅林ももう何も言おうとしなくて良い。お前は結構図太い神経をした、美しい白髪のお人好《ひとよ》しな宮女で、俺の愛《いと》しい人で、それ以上でも以下でもない。お前はただの紅林だ」

そんなはずないのに。

そんなはず……ないのに。

「だから、俺から離れようとしないでくれ。俺の前からいなくなろうとするな」

——ああ、もう……っ。

耳元で囁かれる懇願に掠れた声からは、彼の本心だけが伝わってくる。

声だけではない。何度も何度も諦めるように、諦められるように理由を用意したのに、それでも彼は全身全霊で気持ちを訴えてくれていた。

「今までと変わらず、後宮にいてくれ、紅林」

隙間すら与えないとばかりに抱きしめられ、布越しの体温は馴染んで二人の境界線が曖昧になった時、ゆっくりと関玿が腕を緩めた。

ようやく離れたことでできてしまった、半歩分の距離。

腕は腰に回されたままだったが、間を通る夜風の冷たさを少しばかり切なく感じた。

「命令が必要ならここで言ってやろう。勅命だ、紅林。生涯、俺の傍を離れることは許さない」

ふっ、と思わず笑みが漏れてしまった。これほどに優しい勅命を紅林は知らない。

真面目な顔をして、なんということをする皇帝だろうか。関王朝はとんでもない皇帝を仰いでしまったようだ。

「返事を聞かせてくれ、紅林」

赤い瞳が紅林を見つめていた。

微《かす》かに揺らめいて見えるのは、不安からなのか。

——不安に思うことなんて一つもないのに。でも、それも仕方ないわよね。

たくさん嘘を吐いてきた。出会った時から、ずっとずっと嘘を吐き続けてきた。彼にだけでなく、自分の心にも。彼が諦められるようにと用意した理由は全て、自分が彼を諦めるためのものでもあった。

しかし、結果は……。

もし、ここで彼への返事で「はい」と言っても、彼の不安を完全には打ち消せないと思う。

だから、紅林は関玿に手を差し出した。

「挿してくれる？　関玿」

紅玉が輝く金歩揺を乗せて。

【終章】

突如、内侍省の長官が捕縛されたことは、後宮に少なからぬ動揺をもたらした。

罪状は、後宮内の女人を使った妃嬪達からの私物の窃盗と、乞巧奠《きこうでん》での毒の混入。窃盗の罪にも問われたのは、円仁《えんにん》が捜査される中で彼の家からずらりと妃嬪達の装身具や服飾品が出てきたからだ。また、大理寺が彼の家に踏み込んだ時、円仁の妻がしていた帯が、宋賢妃《そうけんひ》が尚服局に依頼した金銀糸の帯だったこともあり、妻も共犯者と見なされ一緒に捕縛される結果となった。

加えて、その妻は王都にある上級花楼の元妓女だったと判明し、かつて彼女が勤めていた花楼では、『あそこの妓女は手癖が悪いらしい』という噂が広がり、客足が大幅に減ったという。

朱貴妃《しゅきひ》については、円仁が毒を混ぜた酒を知らずに注いだだけとし、重い刑罰が科されることはなかった。

実は、朱貴妃は自ら真実を安永季《あんえいき》に語っていた。

李徳妃《りとくひ》に毒を盛れと言われていたことも、そのために父親が双蛇壺《そうだこ》を渡してきたことも、それで嫌気がさして自分で毒を飲んで終わらせようと思ったことも全て。

本来であれば朱貴妃も裁かれるはずなのだが、ただでさえ騒がしかった後宮をこれ以上混乱させるわけにもいかないということで、円仁に全ての罪を背負ってもらったと聞いた。

元はと言えば、円仁達が考えた策謀だったのだから、当然の帰結ではある。

また、桂長順《けいちょうじゅん》についてであるが、彼は名を上げられることもなくひっそりと処分された。数多いる内侍官のひとりが消えても、誰も気にする者はいなかった。

前王朝を腐敗させた大奸臣にしては、あまりにあっけない最期である。

人の最期を見るのが好きだと言っていた彼が、誰に最期を知られることもなく消えたのは、最大の皮肉とも言えよう。

そして紅林《こうりん》は、関玿《かんしょう》が約束してくれた通り、身に流れる血で罰せられることも、公にされることもなく、今までと変わらずに後宮にいるのだが……。

「──って、こういう意味じゃなかったわよね！」

紅林は、長牀に頭を打ち付けん勢いで頭を抱えた。

拍子に、袖がひらりと軽やかに宙を舞い、紅林の腕の形に添ってふわりと落ちてくる。

肌の上を滑り落ちる生地のなんと心地よいことか。ゴワゴワもガサガサもしておらず、実に優れた生地だ。

胸元で締められた艶《あで》やかな襦裙には、吉兆を表す瓔珞紋《ようらくもん》が金糸で刺繍され、羽織った深紅の長袍の襟や背面には、同じく金糸で、牡丹や瑞獣《ずいじゅう》である鳳凰が躍動感たっぷりに描かれている。

宮女が纏う衣でないことは間違いない。

「私は……ただただ普通の宮女として、ひっそり生きていければ良かっただけなのに……うぅ」

全てが解決したあと、紅林はこれで日常が戻ってきたと安堵した。

いつも通り、朝起きて、食事をして、箒を持って北庭へと出掛けたのだった——が、突如やって来た内侍官や女官達に囲まれてしまった。

その場で、顔を汗でぐっしょりと濡らした内侍官から聖旨を読み上げられれば、紅林の顔からもドッと汗が噴き出した。

【宮女・紅林を貴妃に封じる。以降、赤薔宮《せきしょうきゅう》を居所とせよ】

宮女からの大躍進である。

確かに宮女が寵を受け、位階が上がるというのは過去の歴史にも幾度かはあった。

しかし、彼女達は皆段階を踏んでいたし、いきなり後宮妃嬪の中で一番の高座についた例は一つもない。

しかも、狐憑き。

『と、いうことです……お、おめでとうございます、紅貴妃様』

内侍官の言葉を復唱するように、女官達が『おめでとうございます』と声高に叫んだ。

一方、事の重大さを理解している聖旨を持ってきた内侍官と紅林は二人して、『あ、あへへぇ……』とぎこちない笑みを交わすこととなったのだった。

それからは、本当にあっという間に赤薔宮に移され今に至る。

「絶対、面倒なことが起きるわよ、これ」

その片鱗《へんりん》を、紅林は既に経験していた。


紅林が貴妃位に封じられたという話は、瞬く間に後宮の端から端まで広まり、各々が様々な反応を見せる結果となった。

一番最初に宿房にやって来て、祝いの言葉を届けてくれたのは、徐瓔《じょえい》だった。驚きつつも深く探るようなことはせず、ただ凄い凄いと肩を叩いて喜んでくれた。

同時に『それでも、やっぱり宋賢妃様からは守ってあげられないけど』との言葉も添えて。あまりの素直さに笑ってしまった覚えがある。

次に祝いの言葉が届いたのは、景淑妃《けいしゆくひ》からだ。

彼女の侍女が、綺麗な白雅紙《はくがし》の文《ふみ》を持ってきたのだ。白雅紙とは、竹の一大産地である雅州《がしゆう》で作られた高級紙で、上級民がこぞって欲しがる紙である。

中身を見てみると『祝着至極に存じます』とのみ、綺麗な文字で書かれていた。彼女は李徳妃以上に宮から出てこず、その姿を見た者のほうが少ないという。

噂でさえ良いも悪いも聞かぬ妃であり、紙のことといい、正直四夫人の中で一番得体が知れない。

その次が李徳妃であるが、彼女からは祝いの言葉と一緒に贈り物まで届けられた。

贈り物は小さな翡翠粒の耳環だった。しかもただの翡翠ではなく、李翠玉。

ほとんどの者が、翡翠の最高級品である李翠玉を贈るとは、と李徳妃を懐が深い者だと讃《たた》えただろう。しかし、これはそのような単純な話ではない。

李徳妃と会う際、彼女にもらった物を身につけるのは礼儀である。しかし、彼女はもっと質が高く大きな、意匠が凝らされた李翠玉をたくさん持っているのだ。

貴妃が小さな李翠玉の耳環を着け、その隣で彼女が同じ李翠玉の、より派手な耳環をしていたら、他人にはどう映るか。おそらく皆『貴妃なのに』と、紅林をみすぼらしく思うだろう。

贈り物一つで、李徳妃は紅林を威嚇してきたのだ。

『わらわと会う時は恥をかく覚悟で来い』と。

もしかすると、一番気が抜けない相手かもしれない。

そして、最後は宋賢妃なのだが……。

いつかの日のごとく、宿房の近くで偶然宋賢妃に会ったのだが、その時の彼女の第一声は舌打ちだった。

本当ならば怒鳴り散らしたいのだろうが、紅林が貴妃になってしまったため、声を荒らげることは憚られるという思いが、ありありと伝わってきた。

しかし、そこはやはり腐っても賢妃。彼女は、引きつった口端で無理矢理に作った笑顔でもって、紅林に「おめでとうございます」と言ったのだ。妃として最低限度の礼節はわきまえているのだろう。

口が人形のようにほとんど動いていなかったのを見ると、おそらく奥歯を嚙んでいたと推測されるが。

その後はやはり、去り際にもう一度舌打ちをされた。

よほど腹に据えかねているのだろう。彼女の我慢がいつ限界を迎えるのか、正直今から憂鬱である。

とまあ、挨拶だけでこれなのだ。

皇后不在の今、四夫人は一緒に儀礼式典などで話し合ったりすることもある。つまり、四人で集まらなければならないのだ。この四人で。

「どうしましょう、すごく面倒臭い。いっそのこと後宮から抜け出そうかしら」

安定的な衣食住を手放すことになるのだが、命あっての物種だ。今頃、宋賢妃が暗殺方法を考えているかもしれないし。

「まったく、紅林は何が不満なの？　一夜で貴妃だよ。後宮の女達がほぞ噛んで悔しがる幸運じゃん」

「そんなこと言ったたって、朱香《しゅきょう》……」

腰に手を当てて、「もうっ」と聞こえてきそうに頰を膨らませている朱香。

彼女が今纏っている衣は、宮女の目印だった薄黄色の衣から、赤い深衣へと変化している。

聖旨が告げられたあと、紅林は尚局へと連れて行かれ、侍女を選べと言われた。

たいていの場合は、妃嬪のおこぼれに与《あずか》ろうと、侍女の席には女人が殺到するのだが、当然、狐憑きである紅林の侍女となりたがる者はいなかった。主人の権力がそのまま侍女達の力にもなる。その中で、最初から狐憑きなど厄介な肩書きがある紅林など、恩恵などないに等しいことを考えると当然であろう。

そんな中、話を聞いた朱香が跳ねながらやって来て、『紅林の傍にいさせて』と笑って言ってくれたのだ。

その時の嬉しさは、一生忘れないと思う。

そして、侍女はひとりいてくれるだけで充分だと思っていたのだが――。

「こらっ、香。もうあなたの同僚ではないのですから、わきまえた言葉遣いをなさい。失礼いたしました、紅貴妃様」

「朱蘭《しゅらん》様」

「やめてください、今はあなたの侍女なのですから。香と同じく、わたくしも朱蘭と呼んでください」

朱香の姉であり、かつて赤薔宮の主だった朱貴妃こと朱蘭。

彼女もまた、紅林の侍女になってくれた者のひとりだった。

「……朱蘭、本当に良かったの。きっと、あまり良い思いはさせてやれないわ」

「そんなこと全く構いませんわ。わたくしは望んで、今ここにいるのですから。わたくしの命と名誉を守ってくださった、紅貴妃様の恩に報いたいと思うことの、何がおかしいでしょうか」

朱貴妃に重い刑罰が科されることはなかったのだが、その代わり、彼女には貴妃位の取り上げという判断が下された。

場を騒がせた咎ということだが、本当の理由を知っている安永季からの、少なからずの戒めだろう。

「それに、わたくしはただの商家の娘です。元より貴妃など分不相応で憂鬱に思っていましたの」

謙遜や世辞ではなく、そう言う朱蘭の表情は、憑《つ》き物《もの》が落ちたようにスッキリとしていた。

「二人とも、ありがとう」

三人の間に穏やかで、面映ゆい空気が流れる。

「――って、本当は言いたいところなんだけど……」

しかし、紅林だけは表情を一変させる。

「やっぱり、無理!!」

ワッと、紅林はやはり頭を抱え、そんな紅林に朱姉妹は顔を見合わせ、「やれやれ」と肩をすくめていた。

「せっかく穏やかな生活を手に入れたって思ったのに。どうしてまた、一番苦労するって分かってる渦中に飛び込まないといけないの!?」

薄紅や淡色でまとめられた帳や絨毯《じゅうたん》、視界に入る物だけでも全てが名匠による上等品。身に纏うものも当然一級品。朱香が言ったように、他の者達はこの生活を羨むというが、かつて公主であった紅林にとっては『こんなもの』だ。

それよりも、妃嬪達の間で行われる、寵争いという深謀遠慮の憂鬱具合のほうが大きい。

「いっそ後宮から逃げたほうが……」

「それは、聞き捨てならんなあ」

声に驚き顔を上げると、端整な顔立ちの男が口を引きつらせて、目の前に仁王立ちしていた。

「かっ……陛下！」

「関玿でいい」

関玿は、少々粗野な動きで、紅林の隣にドスッと腰を下ろす。

彼は、紫紺色の羽織《はおり》に冠姿という出で立ちで、こうして改めて見ると、やはり皇帝なのだなと思う。

元将軍だけあって、肩幅があり体つきもしっかりして、ヒラヒラと柔らかい雰囲気の衣を着ていても、気圧されるような威厳がある。

「それで、どこから逃げるって？」

気怠《けだる》げに上体を預けた背もたれに腕をかけ、少し顎を上げて妖艶な視線を送ってくる関玿。

「俺がみすみす紅林を逃がすと思うのか？」

彼は口端を緩く上げ、紅林の肩口に落ちた髪を手に取って唇を落とす。

「──っ関玿！　約束が違うじゃない。今までと変わらずって、あなた言ったわよね」

一瞬、彼に見とれてぽーっとしていた。

危うく雰囲気に流され、言いたいことも言えなくなるところだった。首を左右に振って、紅林は邪念を追い出す。

「私は、宮女でいられれば満足だったのに」

「確かに。今までと変わらず後宮にいてくれとは言ったな。だが、変わらずに『宮女のままで』とは言ってない」

「罠《わな》じゃない！」

「違う。詳しく聞かなかった紅林の落ち度だ」

詐欺だ。

ぐぬぬぬ、と紅林が口角を下げて悔しそうな顔をしていれば、フッと噴き出した関玿が、童にでもするように紅林の頭に手をポンと乗せた。

「それに、お前は隙あらば俺から逃げようとする猫のような女人だからな。貴妃くらいにしておかないと、本当に逃げるだろ」

「そ、そんなことはぁ……」

「俺の目を見て言え。さっき、早速逃げようと言っていた我が貴妃殿」

背けかけた顔を、頰を摑まれ無理矢理正面に戻される。

「それに、情が篤い紅林のことだ。侍女を置いて勝手に逃げ出すことはしないよな」

「うっ……」

すっかり読まれていた。

妃嬪には侍女がつくのだが、一度誰かに仕えた侍女は、たとえ主の妃嬪が宮からいなくなったとしても、よその妃嬪に再雇用されることは少ない。

他人の手垢《てあか》が付いた侍女を、他の妃嬪達は嫌がるものだ。

そうなると、元侍女は都落ち。女官か宮女となるのはまだいい方で、最悪の場合、冷宮で下女となることもある。

つまり、朱姉妹という紅林にとって大切な者を侍女にした時点で、紅林は逃げたくても逃げられなくなっていた。ちなみに、朱貴妃についていた侍女達は、狐憑きの侍女になるくらいならと女官や宮女になっている。

「せめて宮女に……」

「諦めろ。俺に愛されたのが悪い」

いや、皇帝が衛兵のふりをして後宮に来たのが一番悪い。

——でも、それがなかったら、きっと一生会うこともなかったのよね……。

紅林は、目の前で白い髪を指に巻き付けて遊んでいる男を見つめた。

多分、いやもう、自分は嘘を吐けないほどに彼に惹《ひ》かれている。彼のためなら、自らの死を選ぼうとするくらいには。

それでもまだ、素直にこの気持ちを口にはできない。

――だって私は、林の血を引いた狐憑き。

紅林が聖旨を受けた時、誰かがぼそっと「崔《さい》王朝の再来」と言っていた。国を傾け、妖狐と言われた『傾国』の末喜《ばつき》。

そして、皇帝を誑かし朝政を疎かにさせ『悪女』と呼ばれた母。

傾国と同じ白を身に持ち、悪女の娘である自分は、もしかすると民に『傾国悪女』などと呼ばれる日が来るのかもしれない。

「関玿、本当に私を傍に置くつもり？　皇后がいないこの状況では、貴妃が国事行為にも代理で出なければならなくなるって分かってるの」

狐憑きを妃にしたと表側にも広まれば、きっと彼は厳しい追及にさらされる。しかも、秘密がばれて血のことまで知られたらどうなるか……。

「秘密はいつかばれるものでしょう？」

あなたにばれたように。

「心配するな。ばれないようにするし、ばれたところで俺もそんなに柔じゃない」

不安に俯いた紅林の頬を、関玿の手が優しく包んだ。

「ずっと、俺が守るから……」

そのまま上向かされ、関玿の顔が近づいてくる。

「だから、大人しく俺の寵妃でいてくれ」

かすめるよりは長く、交わすよりは短い時間、二人の唇が重なった。


唇から熱が遠ざかったところで、紅林はやけに部屋が静かなことに気付いた。

口づけを見られたのであれば恥ずかしい、などと思ったが、部屋を見回してみても彼女達の姿は見当たらない。

「朱香？　朱蘭？」

すると、関玿が「ああ」と紅林の意図を察する。

「あの二人なら、紅林が俺に見とれてる間に下がってもらったが」

「みっ⁉　見とれてないわよ！」

とっさに全否定してしまった。

しかし、自分でも顔が熱い自覚があるから、きっと赤くなっているのだろう。

関玿が声を押し殺して、渋るように笑っている。

「ははっ、まあ今はそれでもいいさ」

だが、と関clearly招は紅林の腰をぐいと抱き寄せた。

「必ず、紅林のほうから『離れたくない』と言わせてやるからな」

関玿は紅林の耳元に口を寄せ、耳朶を甘噛みするように囁く。

「覚悟してろよ」

「……言いません……からね……」

そう言う紅林の声は、かつてなく小さかった。

自分でも、そう遠くない日に言うことになるだろうという予感がしている。

だって、ここは後宮。

何が起こっても不思議ではないところ。

【了】

【あとがき】

はじめまして、巻村螢《まきむらけい》と申します。お久しぶりの方は、またお会いできて光栄です！

この度は、本書をお手に取っていただきまして、誠にありがとうございます。

今回の『傾国悪女』という物語ですが、まあまあまあそれなりに難産でした。中華物は大好きですし得意なのですが、何せコミカルなしの恋愛ものということで苦労しました。

私の他の作品を覗いてくださった方はお分かりかと思いますが、私がノンブレーキで物語を書くとコミカルへ突っ走ります。一直線です。自分でも分かりませんが、コミカルが私を呼ぶのです。たとえ緻密にプロットを練ろうと、隙あらばキャラ達がふざけ倒します。あと、よく人が死にます。隙あらば殺人まで起こります。

つまり、私に隙ができると、ふざけたキャラ達がコミカルに殺人を起こす物語という、恋愛どこいった！　と叫びたくなるようなジャンルエラーのものが出来上がるわけで。

紅林《こうりん》が桂長順《けいちようじゆん》と戦っている時、私は本能（コミカル）と戦い続け、結果、無事にお互い勝利して本望（恋愛）を達成することができました。わー（感涙）！

でも殺人は起こりましたね。自分の癖《へき》にはあらがえませんでした。

癖《へき》と言えば、私は中華物の中でも、男装ものや隠れ才女や幼馴染《おさなじ》みの少年だったアイツが皇帝に⁉ という、天性のハプニングの種を持ったヒロインが主人公のものが好きですね。加えて、やはりミステリも好きです。暇さえあれば、火をおこすかの如《ごと》く事件を起こしに行きます。着火マン巻村です。もし、私と同じ癖《へき》をお持ちの方がいらっしゃいましたら、ぜひ語りあいましょう！

今回は、そんな私の癖《へき》（着火マン）と、中華後宮ならではの恋愛が良い具合に絡み合った物語になりました。

きっと関玿《かんしょう》はこの先も、あからさまに紅林だけに愛を注ぎ続けるし、紅林は面倒なことにはなりたくないからと表面上は冷静を装うけれど、初めての恋にあたふたすることになるでしょう。もちろん隙あらば着火マン。紅林は異国の太子に惚《ほ》れられてしまえ！

……とまあ、色々と私の癖《へき》を語ってしまいましたが、何よりも、本書を手に取ってくださった皆様が楽しんでくださっていると良いなと思います。

一緒に傾国悪女を作り上げてくださった編集さん、素敵なイラストで表紙を飾ってくださったもんだば様、刊行に際してご尽力くださった関係者の皆様方、本当にありがとうございます。そして、改めまして読者の皆様、ここまで読んでいただきまして感謝申し上げます。またお目にかかれる日が来ることを祈っております。

それでは良い読書ライフを。

＜初出＞

本書は、カクヨムに掲載された『いずれ傾国悪女と呼ばれる宮女は、冷帝の愛し妃』を加筆・修正したものです。

この物語はフィクションです。実在の人物・団体等とは一切関係ありません。

◇◇メディアワークス文庫

いずれ傾《けい》国《こく》悪《あく》女《じょ》と呼《よ》ばれる宮《きゅう》女《じょ》は、冷《れい》帝《てい》の愛《いと》し妃《ひ》

巻《まき》村《むら》 螢《けい》

2023年10月25日　初版発行

発行者　山下直久
発行　株式会社KADOKAWA
〒102－8177　東京都千代田区富士見2－13－3
0570-002-301（ナビダイヤル）
装丁者　渡辺宏一（有限会社ニイナナニイゴオ）
印刷　株式会社暁印刷
製本　株式会社暁印刷

●お問い合わせ
https://www.kadokawa.co.jp/（「お問い合わせ」へお進みください）
※内容によっては、お答えできない場合があります。
※サポートは日本国内のみとさせていただきます。
※Japanese text only

※定価はカバーに表示してあります。

Printed in Japan
ISBN978-4-04-915305-7 C0193

メディアワークス文庫　https://mwbunko.com/

本書に対するご意見、ご感想をお寄せください。

あて先
〒102-8177　東京都千代田区富士見2-13-3
メディアワークス文庫編集部
「巻村 螢先生」係

拝啓見知らぬ旦那様、離婚していただきます〈上〉

久川航璃

既刊4冊
発売中！

第6回カクヨムWeb小説コンテスト
《恋愛部門》大賞受賞の溺愛ロマンス！

『拝啓　見知らぬ旦那様、８年間放置されていた名ばかりの妻ですもの、この機会にぜひ離婚に応じていただきます』

商才と武芸に秀でた、ガイハンダー帝国の子爵家令嬢バイレッタ。彼女には、８年間顔も合わせたことがない夫がいる。伯爵家嫡男で冷酷無比の美男と噂のアナルド中佐だ。

しかし終戦により夫が帰還。離婚を望むバイレッタに、アナルドは一ヶ月を期限としたとんでもない“賭け”を持ちかけてきて——。

周囲に『悪女』と濡れ衣を着せられてきたバイレッタと、今まで人を愛したことのなかった孤高のアナルド。二人の不器用なすれちがいの恋を描く溺愛ラブストーリー開幕！

メディアワークス文庫

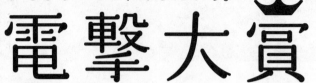